JN076071

望まぬ不死の冒険者
seventh
7
丘野 優／Illustration じゃいあん

——千年樹霊（エンシェント・エント）。

「レント、結構悪くない景色だぞ！　早く来い！」

seventh

7 望まぬ不死の冒険者

The Unwanted Immortal Adventurer

著 丘野 優 Yu Okano

イラスト じゃいあん Jaian

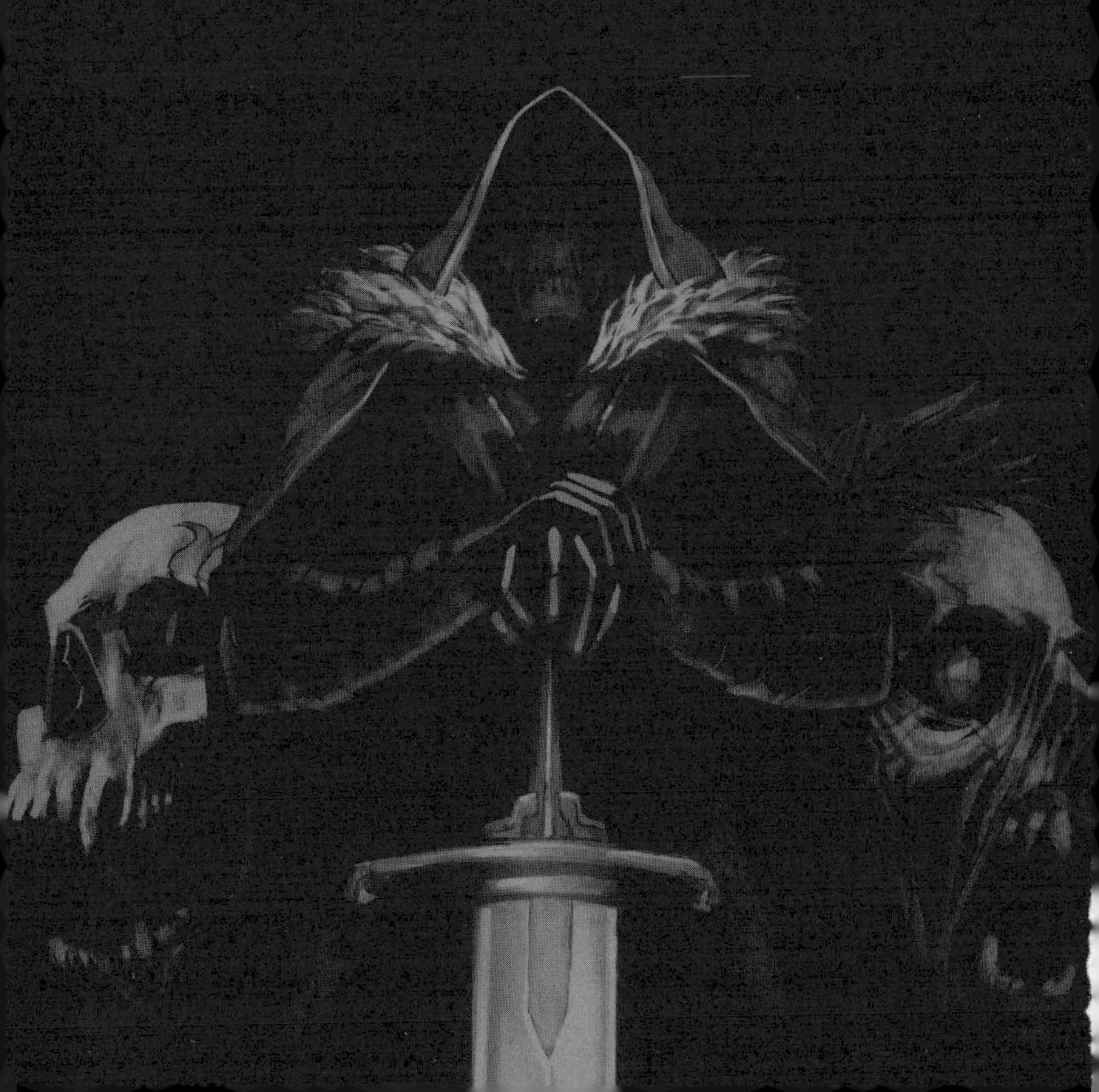

登場人物紹介
Character

シェイラ・イバルス

冒険者組合受付嬢。レントの秘密を知る人物。

ロレーヌ・ヴィヴィエ

学者兼銀級冒険者。不死者となったレントを補佐する。

レント・ファイナ

神銀級を目指す冒険者。迷宮の“龍”に喰われ不死者となる。

エーデル

小鼠と呼ばれる魔物。孤児院の地下でレントの血を吸ったことにより眷属化した。

アリゼ

孤児院で暮らす少女。将来の夢は冒険者。レントとロレーヌの弟子となった。

リナ・ルパージュ

屍食鬼となったレントを助け街へ引き入れた駆け出し冒険者。

イドレス・ローグ

ヤーラン王国第一騎士団所属の騎士。リナという妹がいる。

イザーク・ハルト

ラトゥール家に仕えており、《タラスクの沼》を攻略するほどの実力を持つ。

ラウラ・ラトゥール

ラトゥール家当主。魔道具の蒐集を趣味とする。《竜血花》の定期採取をレントへ依頼。

クロープ

鍛治屋《三叉の銛》の店主。レントの性質にあわせた特殊な武具を製作する。

イサベル・カリエッロ

ロリスの妻。夫のロリスと共に“赤竜亭”を切り盛りしている。

ロリス・カリエッロ

飲食店“赤竜亭”の経営者。迷宮でレントに救われ、飲食無料の権利をつけた。

ミュリアス・ライザ

ロベリア教の聖女。神霊の加護を受けており、聖気を操る特異能力者。治癒と浄化に特化した能力を持つ。

ニヴ・マリス

金級冒険者であり、吸血鬼狩り(ヴァンパイア・ハンター)。現在、白金級(プラチナ)に最も近いと評価されている。

ルカ

クロープの妻。夫のクロープが経営する《三叉の銛》の店員。

あらすじ

“龍”に喰われ、不死者(アンデッド)となった万年銅級冒険者・レント。魔物の特性である存在進化を用いて、屍食鬼(グール)への進化を果たす。リナの助けを得て都市マルトに住むロレーヌの家へと転がり込んだレントは、名前を偽り、再び神銀級(ミスリル)冒険者を目指すことに。故郷ハトハラーで歓迎を受けたレントとロレーヌは、ガルブとカピタンから、この村が抱える秘密を明かされる。そして、ハトハラーから転移魔法陣を用いて、レントはヤーラン王国・王都ヴィステルヤへ転移するのだった……。

CONTENTS

第一章　王都ヴィステルヤ

王都正門の人通りは激しい。

当たり前だ。

いくらヤーラン王国が田舎国家だと言っても、国の形を保っているのだ。

その王都となれば、相当な数の人の行き来があって当然だ。

ただ、田舎国家の田舎国家たる所以(ゆえん)は、その身分照合のアバウトさなどに現れる。

「……身分証は？」

正門に立つ衛兵の一人が、俺たちよりも前に並んでいた男にそう尋ねた。

男は着古した衣服に、布で包んだ野菜をいくつか持ち、藁(わら)で編まれた帽子をかぶっていて……という見るからに田舎村からやってきました、という格好で、案の定、衛兵の質問に、

「あぁ、おら、作ったことがなくてぇ……」

と、酷(ひど)い訛(なま)りのある発音で答えた。

ただ、衛兵もこんなことは慣れっこのようで、呆(あき)れたような表情で首を振り、

「……どこの出身だ？」

そう尋ねると、男は、

「ヤンガ村だぁ。野菜を売りに来た」

布で包んだ野菜一式を広げて見せ、そこに何も怪しいものがないことを主張する。

「……はぁ。通ってよし」

頷いた衛兵がそのまま通したのを見ていたロレーヌが、

「……あれでいいのか？　野菜の中に禁制のものを隠し持っていることもありうるぞ」

と帝国での常識と照らし合わせながら尋ねてくるが、

「……まぁ、いいんじゃないのか？　王城周辺の貴族街に入るときには改めて厳しい検査をしているらしいし。それに一応犬がいるからそういうものは嗅ぎ付けてくれるんじゃないかな……」

なんとなく周囲を観察しつつ言ってみたが、本当に正しいのかどうか、俺には分からない。

ただ、検査の適当さについては昔から、王都に向かう先輩冒険者たちに聞いてきた。

まぁ、こんなものだろうなという印象が強い。

「……よく今まで周辺諸国に滅ぼされなかったものだ……」

呆れたように言うロレーヌだが、俺も同感だ。ただ……。

「ヤーランなんか攻め滅ぼしたところでいいことなんか一つもないからな。領土が広がるかもしれないが……旨みのある土地なんてほぼないぞ」

一応地方都市のいくつかはそれなりの規模なので攻める価値も多少はあるのかもしれないが、そもそも周辺国家もヤーランと似たり寄ったりのお国柄だ。

のほほんとして、中央で行われているような華々しい権力闘争は良くも悪くも存在しない。

まぁ、別にそこまでのほほんとしているわけでもないんだろうが、ガチガチの規律や法律によって治められている帝国なんかと比べるとそう言わざるを得ないだろう。

まさに田舎国家と言われる所以(ゆえん)である。

「……次！」

衛兵にそう言われて、俺は前に出た。

衛兵は俺の顔を見て、仮面をかぶっているのに気づいたようだが、

「……身分証はあるか？」

と特に仮面には触れずに尋ねた。見せられない傷を顔に持つ人間、というのが少なからず世の中にいて、それにあえて触れないという気遣いの出来る衛兵らしい。

俺は素直に身分証を出す。

レント・ヴィヴィエの方だ。

それを受け取った衛兵は、

「なるほど、冒険者か。訪問の目的は？」

正直言って目的なんかない。

いきなり連れて来られて即解散を言い渡されただけだが、強いて言うなら……。

「観光と下見です。地方都市で冒険者をやってるんですが、そのうち王都でも活躍出来るようになりたいなと」

「なるほど、銅級となるとな……銀まで上がれば王都でも十分にやっていけるだろう。精進するといい。よし、通ってよし！」

と、肩を叩かれ、問題ないことを告げられた。

しっかり仕事をしているようだが、見る限り、出入りした人間の身分を記録しているような様子はない。

実際、していないのだろう。それこそ王都中央辺りにあるという貴族街まで行けば記録されるのだろうが、下町に入る程度でそこまでするのは手間というところだろうか。

やっぱり適当だな、と思ってしまうが、ヤーランというのはこれくらいの国だ。

俺に続いてロレーヌも衛兵に色々聞かれている。

距離は離れているが、俺の吸血鬼耳には会話の内容がとてもよく聞こえた。

「身分証は？」

そう言われてロレーヌが帝国のものを出すと、

「て、帝国の方でしたか……」

とても遜っている衛兵の声が聞こえた。

帝国といえば、ヤーランから遠く離れてはいるが、それでも押しも押されもせぬ大国であることは誰でも知っている。

そこから来た人間に対して、邪険に出来ない感覚はヤーラン王国民として理解出来る。

あんまり下手なことをすると帝国からいちゃもんをつけられかねないからだ。

「ああ。あまりそれは気にしないでくれ。訪問の目的は観光だ。通っても構わないかな？」

と、堂々とした態度でロレーヌが衛兵に言えば、衛兵も、

「もちろんです。ただ、帝国の方といえども、何か問題を起こされた場合には……」

遜っているとはいえ、衛兵としての矜持は残っているらしく、ロレーヌに忠告をした。

「分かっている。大人しく観光を楽しませてもらうよ。ではな」

そう言ってこちらにやってくるロレーヌ。

「……いくらなんでもあの衛兵、下手に出すぎではないか？」

応対された本人であるのに、ロレーヌは俺に近づくと同時にそんなことを言ってきた。

「……たしかにそうなんだけどさ。帝国の人間なんてまず、ヤーランに来ないだろ？　マルトから来た俺を見るリリたちみたいな感覚なんだろう」

「都会の人だ、というわけか。私は元々帝国でもそれほど都会の人間というわけでもなかったのだがな……まぁ、それはいいか。せっかく王都に来られたのだ。色々と見て回ることにしよう。レントは行きたいところはあるか？」

「俺は、まず冒険者組合が見てみたいかな……でも流石にそれはまずいか」

大した記録もとらない簡易検査くらいならともかく、冒険者組合本部にこの格好で行ったら流石に記憶されてしまいそうだ。

ローブと仮面だけならともかく、俺の仮面は割と派手だからな。骸骨模様が恨めしい。

そう思っていると、ロレーヌがある提案をしてくる。

「ローブの色を変えて、仮面はその上に布でもかぶせればなんとかなるんじゃないか？　ローブの色の方は、私が魔術で染色しよう。魔術に強い耐性があるから、表面だけとはいえ通るかどうかはやってみなければ分からないが……」

確かにそれなら、いつかまた訪れても同一人物だ、とはなりにくいかもしれない。

とりあえずやれるだけやってみてもらって、ダメそうなら諦めることにしようか、と、一旦二人で、路地の方の人気のないところに進むことにした。

「……とりあえずはこんなものかな。悪くはないだろう？」

ロレーヌがそう言ったので、俺は自分のローブを見た。

幸い、魔法耐性の高い俺のローブは、表面だけ魔術を走らせることも可能だったようで、色合いは全面的に変更されている。星さえも飲み込みそうな漆黒だった俺のローブは、今や紫の地に複雑な文様が描かれた洒落たデザインに変わってしまった。

「ロレーヌにはデザインの才能もあったのか？」

見た目を変える、とはいってもせいぜい色を真っ赤に、とか黄色に、とかその程度かと思っていたら、考えていた以上に本格的なデザインがなされていたので、つい、そう尋ねたくなった。

するとロレーヌは首を横に振る。

「いや、帝都で最近流行ってるんだよ、そんなのが。私は着ないが……ちょうど良さそうなので拝借したまでだ」

なるほど、これが天下の大都会、帝都で今流行っている文様なのか……。

ということはつまり、世界でも先進的なスタイルである。

まだど田舎ヤーランでは見かけないわけだ。

ここからは超絶おしゃれさんとして胸を張って歩こうかな……。

……いや、流石にそれは俺らしくないかな……でもたまには……。

妙な思考がせめぎ合うが、そんな俺を我に返らせたのはロレーヌの言葉だった。

「それより、冒険者組合本部に行くのではなかったか？」

「……そうだった。そういえばロレーヌはどうするんだ？　俺と違って何度か来たことはあるんだろう？」

ロレーヌはこれでも銀級だから、普通にマルトから王都への護衛依頼とかもソロで受けられる。

それに、錬金術のために必要な素材がマルトでは手に入らない、ということもあるので王都にちょっと行ってくる、なんていうこともたまにあった。

その際は当然、冒険者組合本部にも行っているだろうし、そのままだと流石にまずいのではないか、と思ったのだ。

「私は私で……ほれ、これでどうだ」

そう言って何かの魔術を自らにかける。

すると、そこには先ほどまでのロレーヌとはまるで印象の違う存在が立っていた。

ウェーブのかかった派手な髪に、各パーツをかなり強調した化粧が顔に施されている。メガネをかけているが、それが全体から感じる蠱惑的な空気をさらに強めているような感じだ。

服もいつもの野暮ったいローブではなく、きらびやかに着飾られたもので、都会的な印象が強い。

これもまた、帝都で流行っている格好、ということなのだろう。

ヤーランで見たことはないからな……しかし洗練されていると俺でも分かる。

全体として見て思うのは、金持ちでかつ実力のある、一癖も二癖もありそうな年齢の分からない女魔術師、という感じだ。

近づくと火傷だけでは済まなそうな気がする。

……俺みたいに骨になったりな。

流石にそれはないか。

「随分とまた……変わったな。幻惑魔術で出来ることの幅広さが分かる……」

基本的に人の容姿や服装を変えてしまう魔術は、幻惑魔術、とか変化魔術と呼ばれる。

あまり習熟していないと、出来ることはほとんどないが、熟練度が上がっていくにつれ、出来ることは増えていき、最終的には身長も含め、完全な別人に見せることも可能になる凄い魔術だ。

例によって、幻影魔術と並んで劇場付き魔術師に必須の技能であるが、人相まで変えてずっと維持することは中々に難しく、基本的には服装をいじるのに使われるのがせいぜいだ。

それなのに、ロレーヌのこの完成度である。

学者や冒険者よりも、劇場で引っ張りだこになりそうな才能だな……。

そう思って言った俺だったが、ロレーヌは首を振って、

「……何を言ってるんだ。幻惑魔術なんて使ってないぞ。服と髪型を変えて、化粧をしただけだ」

と言った。

……？　え、だってどう見ても……と思って、まじまじとロレーヌの顔に近づいてそのパーツや
ら何やらを凝視する。

「……本当だ。パーツとか一切変わってないな……」

つまり、純粋な化粧技術と服装の変化でしかなかった、というわけだ。

髪も、色は変わっておらず、ただ豪華に見えるようにウェーブがかかっているだけだ。

魔術を使って工程を色々短縮してはいるが、本来の意味で《化けた》わけだ。

だからつい言ってしまう。

「……化けたもんだな。凄いぞ」

「……お前、失礼な。私だって女の端くれだぞ。これくらいはやろうと思えば出来るのだ」

「別に出来ないとは思ってなかったよ。顔立ちだって元々美人だろう。ただそういうの面倒くさが
りそうなのに、よくやったもんだと思っただけで……どうした？」

ただただ感心した、ということをロレーヌに言っていると、なぜか途中で後ろを向いてしまった。

何かまずいことを言ったのか？

と思ったが、そんなに問題があることは言っていない……と思う。

《化けた》発言が良くなかったのかもしれないが……。

女性が化粧をして変わったからってそういうことは言ってはならないと、マルトの恋人がいたり

結婚している冒険者連中には何度となく言われたことを思い出した。

「……いや。何でもない。特に問題はない。ほら、冒険者組合に行くぞ」

ロレーヌはそう言って歩き出した。

……？

確かに、その声色には特に気分を害したところはない。

むしろどこか弾んでいるような感じすら受けるが……何だったのか。

本人が何でもないと言っているのだからこれ以上聞いても仕方がないのだが。

俺はそう思ってロレーヌの横に並ぶ。

路地裏から出ると、先ほどまでとは異なり、街行く人の視線がかなりこちらに向けられていることに気づく。ロレーヌの派手な美人感に目が向いているのか、と思えば、魔術師たちが俺の方を見ているのも感じた。

うーん、これは多分、かなり先進的なファッションをしている俺たち二人が街のおしゃれさんと認識されたということだろう。

……目立ち過ぎじゃないか？

という気もするが、変わった服を着ている、くらいに見られているならまだセーフだろう。

これで何か問題を起こしたらまずいが、そんな気はないしな……。

そして、俺たちは冒険者組合に辿り着く。

マルトのそれとは異なる大きな建物で、その前に立つだけで何か震えるものを感じた。

ずっと目指して、十年辿り着けなかった場所だ。

妙なきっかけでも、訪れられたことが嬉しかった。

「じゃあ、入るぞ」

ロレーヌが先達としてそう言って先に進んだので、俺もそれに続いた。

王都の冒険者組合は、このヤーランにおける冒険者組合の総元締めだ。

冒険者組合本部、とヤーランで言ったら、王都の冒険者組合を指す。

他の国の冒険者組合とは、緩やかな協力関係にあるという感じだろうか。

クラスや依頼達成状況などについての情報を共有し、別の国に移っても依頼を受けられるようにしているのだ。

なぜ緩やかな協力関係かといえば、それぞれの国の冒険者組合は国家による統制を受けるからで、その辺りは微妙なところらしい。

他国の情報を流したり、仕入れたりすることは日常的に行っているし、冒険者組合ほど規模の大きな団体を一国が完全に統制出来るわけもなく、権力闘争が絶えず行われているようだ。

だからこそ、冒険者組合は胡散臭いというか、国からもあまりいい目では見られない。

それでも有用性が高いゆえに、存在を許されている。

まぁ、そんなことは俺みたいな低級冒険者が考えることでもないのだが、そういうのは噂話でも色々聞くと面白いからな。

結構楽しんで話したりしているのだ。

そんな冒険者組合の本部建物は、マルトのそれとは違って相当に巨大で、かつ洗練されていた。

受付カウンターも高級感があり、安物の木造りだったマルトとは大違いである。

受付にいる職員たちも、なぜか美人が多い。マルトの職員が美人じゃないというわけではないのだが、なんというか……都会的な美人ばかりというか。

「……おい、見とれるなよ」

ロレーヌからそんな声が飛んできたので、

「見とれてないって。ただ、随分、感じが違うなって思っただけだ」

実際は多少見とれていたが、それはご愛嬌というものだろう。

ロレーヌもそれは分かっているのだろう、呆れて鼻を鳴らすだけで済ませてくれたのはありがたい話だ。

「とりあえず、案内してやろう……まぁ、そうは言ってもあるものはマルトと大して変わらんがな。そこが冒険者組合経営の酒場兼軽食所、そっちが受付、そっちが解体所、そこが鑑定カウンターで……あとは、依頼掲示板かな」

そうやって言われると、確かにどれもマルトにあるものばかりだ。

机や椅子、内装がマルトのそれと一線を画する高級感を有するので全然違う施設に来ている感じがするが、改めて説明されると何も変わらない。

依頼掲示板に寄ってみると、それこそマルトと同じに見えるが……。

「……やっぱり結構難しそうな依頼が多いな。お、この薬草採取は簡単そうだ」

「お前や私にとっては簡単だろうが、それは一般的には見分けるのが難しいからな。王都の冒険者にとってはかなり難しい依頼だぞ。依頼日を見てみろ」

「……三日前じゃないか。俺なら速攻取るぞ、こんなの」

「マルトの冒険者なら三日は放置しないだろうな……お前の教育の賜物(たまもの)か、薬草とかに詳しい冒険者が多いからな」

俺の教育とは、俺がマルトの冒険者組合(ギルド)で、不死者(アンデッド)になる前にたまに開講していた初心者向け講義のことを言っているのだろう。

講義といっても、何か特別に難しいことを教えたりはしなかったというか出来なかったが、初心者冒険者にとって稼ぎの大半になるであろう薬草採取のために、その辺りの見分け方とか、どんなところに生えているかとか、山や森の歩き方についてはかなり教え込んだ覚えがある。

実際に俺が薬草を採ってきて、見分けさせたりしたし、似ているが間違った薬草を使うとどうなってしまうかなど試させたこともあった。

多少腹を壊すとかちょっと調子が悪くなるくらいなら講義を受けてる冒険者本人に食わせてみたりしたな。

人間が口にすると死にかねないやつは、小鼠(プチ・スリ)に食わせて見せたりした。

そんな場面を見たからか、その講義を受けた奴らは薬草の見分けや採取にかなり真剣に取り組むようになり、マルトにおいては余程生えている場所や季節などが限定されていない限りは、薬草関係の採取依頼は即座に掲示板からもぎ取られるようなってしまい、結果、主にそういった仕事で食っていた俺自身の首を絞めた。

まぁ、初心者同士で譲り合っていたみたいだからいいんだけどな。

俺にはゴブリン・スライム・骨人（スケルトン）狩りがあったし、しょせんソロだからそれほどの収入がなくても生きていけたのだから。

「……困ってるなら受けてやりたいが、流石にな……」

掲示板に張ってある依頼票を見つつ、困っているだろうな、と思ったのでついそんなことを口にしたが、今の俺の身分で依頼を受けると記録に残ってしまうし、そんな危険を踏む気にはなれない。

ロレーヌも流石に冒険者証は自分のものしかないだろう。

「ま、仕方がないだろう……。さて、そろそろ冒険者組合（ギルド）見物もいいか。外に……」

ロレーヌがそう言いかけたところで、

「……やぁ、君たち。ちょっと、その依頼が簡単だとか言わなかったかい？」

と、後ろから声がかかった。

一体誰が……と思って振り返ると、俺は息が止まった。

なぜなら、そこにいる人物は酷く派手な服装に身を包んでいたからだ。

虹色のひらひらとした服に、クジャクの羽が突き刺さった帽子、腰に下げた剣の柄（つか）には極彩色の文様が描かれていて、目がちかちかする。

さらに言うなら、その人物の顔を俺はよく知っていた。

なぜなら彼は、少し前までマルトで活動していた冒険者の内の一人なのだから。

「……いや、それは……」

なんとなく俺が口ごもっていると、その男は言う。

「いやぁ、僕もその依頼、張り出された日から見てたんだけど、誰も取らないからさ。僕って薬草の採取依頼とか地味なのは昔から不得意で、出来るだけ回避してたんだけど、流石に三日放置はかわいそうじゃない？　冒険者組合(ギルド)でも困ってるみたいなんだけど、その薬草って採るのは簡単でも見分けるのが鑑定員でも難しくて、後々問題になったりすることも少なくなくて、避ける人が多くてね。どうしたものかと思ってたんだよ。実は僕の昔の知り合いにそういうのがとんでもなく詳しい奴(やつ)がいて、そいつに頼めたら、とか考えないでもなかったんだけど、そいつってマルトにいてさ。流石にここに呼ぶわけにもいかないし、じゃあどうしたもんかなと思って……」

あぁ、そうだ、こいつって喋(しゃべ)るときはひたすらに喋る奴だな、とそれで思い出した。

「……事情はなんとなく分かった。だが、その前に名乗ってくれ」

名前は知っているが、俺はとりあえず話を止めるためだけにそう言った。

「ああ、ごめんごめん。僕はオーグリー。銀級冒険者オーグリー・アルズさ。よろしくね」

オーグリー・アルズ。

彼は元々、都市マルトでソロで活動していた冒険者だ。

以前から俺とは顔見知りで、ソロ同士結構仲良くしていた記憶がある。

流石にこの派手な格好と仮面……というか、今は布か。

布で顔が隠されている状態の俺を見ても、レント・ファイナだとは気づいていないようだ。

ロレーヌの化けた姿も判別出来ていない。

二人揃(そろ)ってほぼ別人だから仕方がないだろう。

俺たちにとっては助かる話だ。

それにしても、銀級か。

マルトにいたときは、まだ銅級冒険者だったはずだ。それがいつの間に銀級に……。

実力は元々かなりあったし、ソロで変人ということ以外は誠実な奴だったから、そうなっていてもそんなにおかしくはないのだが、先を越されたようでなんとなく嫉妬心が……。

俺も早いところ銀級になりたいが、試験を受けるにはまだまだ依頼達成件数が足りない。

ま、それはいいか。

「……それで、そのアルズさんが俺に何か用か？」

俺がオーグリーに、あえて心理的距離を強調しようとファミリーネームの方でそう呼びかければ、ひらひらと金色に光る手袋を身に着けた手を振って、

「やだなぁ、僕と君の仲じゃないか。アルズなんて呼ばないで、オーグリーと呼んでくれよ。もちろん、呼び捨てでオーケーさ。世界はそれで平和だ！……ところで、君の名前は何だっけ？」

僕と君の仲、と言われた辺りでちょっとびくっとしたが、最後に名前を聞かれたのでただノリで言っているだけだと分かりホッとする。

こいつは初対面でもこういう対応をする奴で、色々と分かりにくいのだ。

名前……どうしたものか、と思ってロレーヌを見ると、何か適当な名前を言え、という顔をしていた。確かにその方が良いだろうな……レントだと色々気づかれる気がする。

変な奴の割に妙に勘が鋭く、また意外と周りを見ている人間なのでそういう危険はあまり踏まない方が良いタイプなのだ。

「パープルだ」

着ているローブが紫だからという安易なネーミングである。あからさまな偽名のようにも思うが、むしろ名前がそうだから服もその色にしているんだ、という言い訳も通る……かもしれないしな。

実際世の中にいない名前というわけでもないし、セーフだろう。

ロレーヌの顔を見ると呆れているが。

「パープルか、なるほど、紫色の服がかっこいいからだね！　そっちの女性は……」

オーグリーはそう言って、ロレーヌの方を見る。

「私はこの人の連れで、オルガと言います。よろしくお願いしますわ」

ロレーヌはオーグリーの視線にそう答えた。

おれと違って極めて無難な偽名である。

言葉遣いもいつもとは大幅に違う。

さらに動きもまるで異なる。

ロレーヌは自己紹介をしながら、俺の腕に自分の腕を絡ませてきた。

それを見たオーグリーは、

「なるほど、恋人同士かご夫婦ということかな？　確かに仲が良さそうだ。パープル、君はこんな美しい女性を妻に出来るなんて、なんて幸福な奴なんだ！」

と大げさに驚いて見せた。

いやいや、全然違うんですけど……。

とは言いにくく、ロレーヌも特に否定せずにニコニコしている。

……どうせ全部嘘なんだから、もうどこまでも付き合った方が楽なのかもしれないな、と頭を切り替えた俺は、素直に頷いて、

「確かに、彼女を妻にするのには苦労した。これほど美しく、気立てもよく、そして共にいて居心地のいい女性は中々いない。俺は幸せ者だと思っているよ……それで、今回は新婚旅行で帝国からやってきたんだ。夫婦水入らずでな。ヤーランの王都は帝国の帝都とは違って、自然を取り入れた美しい街並みをしていると聞いていたし、これから見て回りたいと思っている。あぁ、そんなことを話しているうちに時間もなくなってきたな……そろそろ俺たちはここで失礼するよ……」

どうにか逃げられる方法を考えてなんとか絞り出したのがその台詞だった。

色々俺が言っている間に、ロレーヌの腕の絡ませ具合が心なしか強くなったような気がするが、気のせいだろう。

それから、さっさとその場を去ろうと歩き出した俺の腕、ロレーヌが腕を絡ませている方とは反対の方をがしっ、とオーグリーが摑んだ。

「ちょっと待った！　まだ話の本題は終わっていないよ！　まったく、あまりにもすんなり歩き出すから一瞬そのまま見送りそうになったよ……そうじゃなくて、僕の話を聞いてくれないかい？」

……どうやら逃げられないらしい。

無理に引きはがして逃げてもいいが、そうなるとこいつは意地でも追いかけてくるからな……。

平和的にさよなら出来ない以上、聞くしかないだろう。

服装が若干派手、くらいの注目のされ方ならともかく、突然鬼ごっこを始めたおかしな冒険者たちがいる、みたいな騒ぎを起こして目立ちたくない。

「……分かった。それで？　本題は何だ？」

俺が聞く姿勢を見せたことにほっとしたオーグリーは、大体予想通りのことを口にする。

「いや、そこに張ってある依頼を簡単だと言うからさ。僕と一緒に依頼を受けないかと思って。なに、依頼料については君の総取りでいい。僕はこれで銀級だからね。魔物の露払いも引き受けよう。君は薬草の見分けだけ受け持ってくれればいいんだ。どうかな、悪くない話だと思うんだけど……？」

確かに、俺がこの冒険者組合(ギルド)で依頼を受けたくない、という条件を考慮に入れなければこれ以上ないほどの好条件だと言えるだろう。

　が、しかしオーグリーがたかがこの程度の依頼にそこまでする理由が見えない。

「……なぜ、そこまでするんだ？」

　素直にそう尋ねてみると、オーグリーは答えた。

「そんなの決まっているじゃないか！　服のためさ！」

　それは、予想外の台詞だった。俺は首を傾げる。

「……何の話だ？」

「え、もちろん、この薬草の採取依頼の話だよ」

「それでなんで服の話が……」

「この依頼票の依頼主の名前を見てみなよ」

「……ミシェル服飾店」

「そう、僕、そこに新しい衣装を注文したんだけど、染色がちょっと特殊でね……その薬草がどうしても必要なんだ！　正直、頼む前は割と簡単に手に入ると思ってたんだけど、実際に頼んでみたら王都ではかなり手に入れるのが難しいって話でさ。マルト基準で考えていたのが良くなかったよ……。取り寄せも出来るけど、一月はかかると言われてしまって……。僕は一週間以内に新しい衣装に袖を通したいんだ！　それなのに手に入らないなんて、我慢出来ない！」

◆◇◆◇◆

話を聞いて思ったのは、果たしてそれは手伝う必要のあることなのか、ということだった。

どう考えてもオーグリー個人の問題ではないか。

そもそも、服の染色ぐらい一月でどうにかなるなら待てと言いたい。

「……じゃあ、用事は終わったな。さらばだ」

そう言って歩き出そうとしたが、オーグリーの拘束が外れる気配はまるでなかった。

「いやいやいや、何も終わってないよ！　いいじゃないか、手伝ってくれれば！　依頼料丸取りだよ!?　護衛付きだよ!?　超楽ちんな仕事じゃないか！」

オーグリーは必死な様子でそう叫ぶ。

そんなに叫ばれたら目立つので、仕方なく俺はオーグリーの腕を引き剝がそうとするのをやめる。

確かに条件がいいのは間違いないんだが、そもそも……。

「……そもそも、俺たちは事情があって冒険者組合(ギルド)で依頼を受けたくないんだ。それに、さっき新婚旅行だって言っただろう？　時間もあまりない」

正直に言って、引いてもらうのが一番かなという判断である。

オーグリーは押しが強い奴だが、全く話が出来ないという人間でもない。

しっかりと説明すれば分かってくれるだろう、というのもあってのことだった。

新婚旅行は嘘だが、時間がないのは本当だ。

ガルブ達(たち)との待ち合わせがある。

しかし、珍しいことにオーグリーはそれでも諦めなかった。

「事情か。その言い方からすると……冒険者組合(ギルド)で依頼を受けること自体に問題があるような感じだね。となると……僕個人からのお願いという形ならどうかな。新婚旅行については、ほら、あんまり普通の新婚旅行じゃ見られない場所に行けるメリットがあるよ！」

「随分と粘るな……。そんなにその薬草が必要なのか？　別に一月待ったらいいじゃないか」

俺がそう言うと、オーグリーは首を振って、真剣な口調で訴えかけてくる。

「どうしても、早く手に入れたいんだ。頼むよ。依頼料もここに記載されている額に僕の方から更に色をつけよう。時間は、それほどかからないはずだ。それほど遠くない森の中に生えているのは分かっているから、見分けさえつくのならほんの数時間でどうにかなるんだ」

こいつのこんな様子は本当に珍しく、マルトでもあまり見たことがない。

そんなに服にこだわりが……。

まぁ、これだけ目立つ格好をずっとし続けている男だ。

余程のこだわりがなければこんな格好はしないだろう。

「時間までに間に合うかな？」

ロレーヌに尋ねてみると、ロレーヌは猫をかぶった口調で、

「数時間くらいならおそらくは……まさかお引き受けに？」

あんまり気が進まなそうだが、これでもオーグリーにはマルトにいたときにはそれなりに世話になったこともあるのだ。

いい狩場を教えてもらったり、手に負えなそうな魔物の出現情報を教えてもらったり。

そんな奴にこれほど熱心に頼まれては、断るわけにはいかない。

依頼の理由が服の染色のために必要な素材が欲しいから、というのはいささかあきれたが、俺たち常人にはよく分からない切羽詰まった何かがあるのかもしれない。

「冒険者組合を通さないのなら仕方ないが受けてもいい。だが、予定に遅れそうなときは容赦なく戻るからな。それと、俺たちのことはあまり人に話さないでくれ。目立ちたくないんだ」

「もちろんだ。ありがとう！　じゃあ、依頼の受注手続きをしてくるから……君たちは僕個人の依頼についてくるという形式になる。しかし……目立ちたくないか。その格好で……かい？　正直話しかけたのは、僕の情熱を君たちなら分かってくれそうだと思ったのもあったんだが……」

とオーグリーに首を傾げられる。

確かにかなり目立つ格好ではある。しかし俺たちの着ているものはオーグリーとは異なり、歴とした帝国で流行している最先端ファッションである。一緒にされたくはない。

が、そんな説明をする前にオーグリーは冒険者組合の受注カウンターに行ってしまった。

一言言ってやれなくて残念である。

「……レント、いいのか？　確かに冒険者組合を通さないのであれば記録も残らないし、待ち合わせの時間までの暇潰しにはなるだろうが」

「あんまり気が進みはしないけど、あいつにはそれなりに恩があるからな……。正体を明かさずに、ちょっと手伝ってやるくらいならいいだろう。依頼内容だって簡単なのは事実なんだし」

「まったく、人がいいな……」

「そうかな。そういうわけでもないが……それこそロレーヌには悪かったな。王都を見て回れたのに余計な用事を作ってしまって」

ロレーヌからしてみれば、勝手に依頼を受けてしまったような状況だ。

相談もしないで申し訳なかったと今にして思う。

しかしロレーヌは首を横に振って、

「別にいいさ。私は王都には何度も来ているしな。今更見て回りたいところなどそれほどない」

「そうか？　もしどこか行きたいところがあるのなら、俺一人でオーグリーと一緒に行ってもいいぞ。あいつが求めているのは戦力じゃなくて薬草の目利きの出来る人間だからな」

戦闘は全て受け持つみたいなことを言っていたし、いつの間にやら銀級になっていたオーグリーである。マルトにいた頃と比べるとかなり強くなっていると思って間違いないだろう。

だから、別に二人で行く必要もないといえばないのだ。

「そうしたいところだが、お前だけだと何かボロを出す気がする。心配だからついていくさ」

と、俺の不用意さを突っついてそう言った。

確かに、たった今、余計な依頼を受けてしまったところだしな。言い返せない……。

「……悪いな。今度何か埋め合わせでもするよ」

「お、そうか？　では、マルトの目抜き通りにあるレストラン《オル・フレヴネ》で夕飯でも奢ってくれ。あそこのフルコースをいつか食べたいと思っていた」

それは、マルトにおいて最も高級な料理店として有名な店の名だ。

当然のように普通の店とは桁の違う価格の料理を出してくる。そのフルコースと言ったら……。

今の俺になら払えないこともないし、今までの色々を考えると奢らないとならない気がする。

「……分かったよ。今度マルトに戻ったときに行こうか」

そう言うと、ロレーヌは意外そうな顔で、

「冗談のつもりだったのだがな？　本当に大丈夫か？」

と今度は心配された。

しかし一度言ったことは冒険者として、もう引っ込められない。

だから俺は胸を叩いて、

「任せておけ。そのときは好きなだけ食べるといいさ」

そう言って笑ったのだった。

「大体この辺りのはずだよ……」
オーグリーが王都ヴィステルヤの壁外にある森の中でそう呟いた。
冒険者組合で依頼を受けることになって、オーグリーが手続きを終えた後、すぐに出発し、それから一時間と少し。

確かに事前にオーグリーが申告した通り、行きと帰りで考えると数時間で仕事を終えられそうだ。

銀級らしく薬草の群生地の事前調査もしていたようで、その足取りにも全く迷いがなかった。

幸いなことに、王都にほど近い森の中だからか、魔物にも今のところ出遭っていない。

こういうところの魔物は王都に勤める新兵なんかのちょうどいい訓練相手にされるため、常に駆除されているという事情がある。

だから、比較的安心して出歩けるのだ。

俺たち冒険者たちからしてみれば食い扶持（ぶち）が次々に潰されているようなものだが、その代わりに王都の冒険者組合（ギルド）には地方の冒険者組合（ギルド）とは異なる歯ごたえのある、高価な報酬の約束された依頼が掲示されている。

そのせいで新人冒険者は王都では活動しにくいわけだが、一長一短というところだろうか。

「……確かに色々生えているな。依頼の薬草は火精茜（かせいあかね）だったよな」

「ああ。ただ、どれがどれやら……。僕にはここに生えているものが全て一緒に見える……」

頭を抱えながら、オーグリーがそう答える。

そこに生える草木を凝視しても、違いがまるで分からないらしい。

ここには黄緑色の花を咲かせた小さな植物がたくさん生えているが、ぱっと見だと確かに全て一緒に感じる。

だが、俺の目から見るとみんな違う植物だ。

「火精茜は花と葉の形、葉の枚数、茎の形、そして香りと、最後に根を見れば分かる。このさい覚えておくといい」

俺はそう言って、オーグリーにその特徴を説明した。

似ている植物が三、四種類あり、しかも好んで生える場所もほとんど同じなため、こうやって一緒くたになって生えていることが大半で、だからこそ採取が難しいとされているが、その特徴さえ覚えておけば何のことはない。

何度も説明し、オーグリー本人にも選別をさせること数回、彼にも違いが分かったようだ。

「なるほど、そうやって見分けるのか。これは勉強になったよ」

教えてやったのは彼のためだけではなく、王都にもこれが見分けられる人間が増えれば、放置される依頼も減るだろうと思ってのことだ。

オーグリーはソロ冒険者だが、比較的面倒見はいい方なので、彼から後進たちにもこの知識は伝わるはずだ。

それにしても、火精茜を染色に使うということは、服の色を赤く染めるということだ。

乾燥させた根から染料が採れ、それを使って染めると鮮烈な赤色になる。

火の精霊の力が特に強い日の、真っ赤な夕日のような……だから火精茜というわけだが。

今は虹色の格好をしているオーグリーだが、こいつが茜色(あかねいろ)に染まるわけか。

……なんだかな、と思わないでもないが、服の好みは個人の自由だ。

好きにすればいいと思うことにした。

「では、そろそろ戻りましょうか。それだけ採れば十分でしょう？」

ロレーヌがそう言ったので俺とオーグリーはそれに頷いた。
草木染めに使うにしても十分な量を確保出来ている。
もうこれ以上ここにいる理由はなかった。

第二章　助太刀

「……ん？」

王都までとことこ三人で歩いていると、ふと鼻に血の匂いが香った。

真っ先に反応した俺に、首を傾げるロレーヌとオーグリー。

「どうかしたのかい？」

「ああ、あっちの方から人の血の匂いがしてな……」

俺の台詞に、オーグリーはすん、と匂いを嗅ぐが、

「……全然分からないな。君の鼻は犬並なのかい？」

と肩を竦めて尋ねてくる。

実際、俺は吸血鬼もどきで、人間の血の匂いには恐ろしいほどに鋭敏な嗅覚を持っている。

他の生き物の血の匂いも分かるのだが、人の血の匂いは特によく香る。

その感覚からして、間違いなくこれは人のものだ、と分かる。

ロレーヌはそれを理解しているからか、

「気になるなら見に行きましょうか？　思ったより時間もかかりませんでしたし、それくらいの暇はありますでしょう？」

「いいか？」

俺はオーグリーを見て、そう尋ねた。

オーグリーも特に反対するつもりはないようで、

「構わないよ。むしろ誰かが襲われているようであれば、助けてあげたいと思う。早く行こうか」

意見がまとまると、流石（さすが）に三人揃（そろ）って冒険者である。

行動は素早く、皆で目的の場所に向かって走り出す。先頭はもちろん、位置がしっかりと分かっている俺で、その後にオーグリーとロレーヌが続く形だ。

そして、十分ほど走り、辿（たど）り着いたその場所にあったのは……。

「馬車が横転しているね。周りにいるのは……森魔狼（フォレスト・ウルフ）と……おっと、岩狼（ロック・ウルフ）まで」

森魔狼（フォレスト・ウルフ）の数は二十四近くに及び、さらに岩狼（ロック・ウルフ）の数も十四近い。

森魔狼（フォレスト・ウルフ）は通常の狼（おおかみ）よりも一回り大きな、《新月の迷宮》の第三層に出現する程度の、個体ではそれほど強力ではない魔物だが、群れになると銀級とも争える強敵となる。

岩狼（ロック・ウルフ）は更に危険で、森魔狼（フォレスト・ウルフ）より二回りは大きく、かつ体中が岩のような外皮に覆われていて、鎧（よろい）のようになっている魔物だ。

しかも、そんな体でいながら素早く、また連携攻撃も狼系らしく得意としていて、街道を進んでいるときには出来れば遭遇したくない魔物である。

そんな魔物たちが群れとなって馬車に襲い掛かっているのだ。

見れば、鎧を纏（まと）った数人の男たちが馬車を守るように戦っているが、多勢に無勢のようでかなり押されているのが見える。

馬車の周りには、すでに息絶えている者の姿もあった。

このままでは、おそらく全滅だろう。

「で、どうする？　帰る？　それとも……」

「悪いが、助けに行っていいか？　嫌なら隠れてくれててもいい」

「僕も助太刀するさ。正直、ここまで戦ってなくて体がなまっていたところだ」

と肩を竦めて言うオーグリー。

ロレーヌについては確認するまでもなく、

「では、参りましょうか。とりあえず魔術で散らして、道を開きますね」

そう言って、呪文を唱えだす。

直後、ロレーヌの短杖（ワンド）から風の刃がいくつも飛び出し、狼たちに襲い掛かった。

ロレーヌの風刃が、馬車の周囲を囲む森魔狼（フォレスト・ウルフ）たちに襲い掛かり、吹き飛ばす。

そのたった一撃で森魔狼（フォレスト・ウルフ）の五、六匹は息絶えてしまい、その威力のほどが分かる。

それから俺たちはロレーヌの魔術によって切り開かれた空間を走り、馬車の近くに寄った。

「……お前たちは!?」

馬車を守るように戦っていた鎧の男たち、その中でも壮年に近い男が、唐突に現れた俺たちにそう誰何する。

　もちろん、叫びつつも構えは崩さず、また襲い掛かってくる魔物たちを斬り伏せ続けている。

　俺はその質問に答える。

「冒険者です。助太刀します」

　短いにも程がある説明だが、それだけで男には俺たちがどういう存在か伝わったようだ。

　僅かに口元が緩み、

「感謝する！」

　と言って戦いを続行する。

　近くで見る男の技量は大したものだったが、しかしそれでもこれだけたくさんの魔物に襲われると手が届かなくなってくる部分もある。俺に答えた男はともかく、その他の男たちはかなり厳しそうだったので、俺たち三人は分散して助けに回ることにした。

　結果、魔物の数を徐々に減らし、そして最後の一匹を俺が斬り伏せ、そこで戦いは終わった。

「……ふう。なんとか、なったようですな」

　息を吐いてそう言ったのは、一番最初に俺たちに誰何してきた壮年の男である。

　身に着けているものは白銀の鎧であり、武器は片手剣だ。

　どちらも、馬車を守っていた他の男たちと同様の拵えであり、違いを挙げるとすれば、肩の部分に身分を示すと思しき紋章が描かれていることだろうか。

　どう見ても騎士である。

ということは守っていた馬車は……。

なんとなく危険を感じ、俺は言う。

「もう魔物もいないようですし、俺たちは街に戻ることにしようと思います。それでは……」

「少しお待ちくだされ！　せっかく助太刀していただいたのに、このまま礼も何もせずに帰すわけには参りませぬ」

案の定というべきか、先に言われてしまった。

その気遣いがかえって迷惑だ、とはとても言えず、けれどさっさと帰りたかったので、

「いえ、依頼の途中ですので……」

と取り付く島もないような言い方をしてみたのだが、

「いや、それなら、それなら後日……」

とさらに言い募ってきた。

その上、

「そうですわ。何かお礼をさせてくださいませ！」

と、男の後ろの方から可愛（かわい）らしい少女の声でそんな言葉までかけられた。

そちらの方を見てみると、そこにはドレスに身を包んだ十五、六歳だろう少女が立っていて、少し調子が悪そうにしているが、それでもしっかりこちらを見つめていた。

俺に言い募っていた男はその姿を見て、慌てて駆け寄り、

「姫！　馬車に隠れておいてくだされとあれほど……」

「もう戦いは終わったのでしょう？　それに、せっかくの恩人に今、去られそうになっているではありませんか。そんなことは王家の名折れです。何か礼をしなければ……」

と姫が言い返している。

「……どうしたもんかね」

俺がそんな二人を遠目に見ながら、ロレーヌとオーグリーに尋ねれば、

「……どうにかしてさっさとこの場を後にすべきと思いますわ。話を聞く限り、あの方は身分の高いご様子。ヤーランの王族か、他国のそれかは分かりませんが……」

「僕もそう思うよ。ああいう手合いは確かに褒美は一杯くれたりするけれど、関わると色々と厄介ごとも連れてくるものだからね。とはいえ……」

二人とも、関わることには消極的だが、しかしその姫と騎士の男のやり取りを見る限り、簡単に逃がしてくれそうな気配もない。

さっさとこの場を去ってもいいのだが、それをするとオーグリーがあとで困るだろう。

なにせ、今の俺とロレーヌは存在しない人間の身分を名乗っている。

けれどオーグリーは普通に王都で活動している冒険者だ。

ここで逃げて、後々冒険者組合(ギルド)伝いで連絡をつけられて、以前一緒にいたあの二人は誰か、と尋ねられたらかなり困った事態になるだろう。

素直に知らないと答えてもいいだろうが、そうすると俺たちについてかなり詳細な調査が入る可能性もあるしな……。

そういう諸々を考えると、平和的に断る、以外の方法で関係を断ってしまうのは良くない。

「……お待たせしてすみませぬ。姫が、お三方に礼をしたいと、王宮に招きたいとおっしゃってお
られるのですが……」

俺たちが相談していると、騎士の男が近づいてきて、そう言った。

後ろには《姫》がいらっしゃって、俺たちを見つめている。

ぜひに王宮にいらっしゃいませ、出来る限りのおもてなしをいたしますわ、と顔に書いてある。

その気持ちは大変ありがたいし、王族としても立派だと思う。

本来の身分であれば素直に受けてもいいところなのだが、やっぱり今は色々と難しい。

どうするべきか、とりあえず時間を稼ぐために俺は尋ねる。

「ええと、王宮とおっしゃいますが、あの方や、あなたは一体どういう……？」

聞きながらも大体分かっていることではある。

騎士と、お姫様だ。

そして街道を進む中で、襲われた不幸な巡り合わせの人々。

……なんか関わると良くないことが起きる気がするのは気のせいかな？

「おっと、申し訳ありませぬ。まだ名乗っておりませんでしたな。私はヤーラン王国近衛騎士団長
ナウス・アンクロ。そしてこちらの方が……」

近衛騎士？

それはヤーランでも実力者の集団のはずで、数が多いとはいえ、あのくらいの魔物にどうにかな

るような人たちではないはずだ。

それなのに、結構押されていた。

いや、生き残っている騎士たちを見る限り、何人かは深手を負っている。

……森魔狼(フォレスト・ウルフ)や岩狼(ロック・ウルフ)につけられた傷ではなさそうだな。

ということは、もともと手負いの状態だったところを、さらに襲われた感じだろうか？

だから体力も魔力も残っておらず、結果としてあのくらいの魔物に苦戦していた、と。

うーん……余計にまずそうな雰囲気がする。

しかしそんな俺の心配をよそに、ナウスに続いて少女の方も挨拶した。

「ヤーラン王国第二王女ジア・レギナ・ヤーランですわ」

王女の名乗りに、俺たちは跪(ひざまず)く。

いくら田舎育ちとはいえ、それくらいの礼儀作法はあるのだ。稀(まれ)に田舎に貴族というのが来たときに、下手なことをすると危険なので叩(たた)き込まれたというのが実際のところだけどな。

そんな俺たちの行動に、王女ジアは、

「そのようなことはなさらなくて結構ですのよ。王宮でしたらともかく……ここは街道ですもの。それに、わたくしたちはお三方に助けていただいたのです。それなのに魔物が今にも襲い掛かってくるかもしれない危険な場所で頭を下げることを強要する気はありませんわ」

と寛大なことを言ってくれる。

ただ、これを額面通り受け取って顔を上げると首を落とされる、なんてことが昔からよくあるので、頑固に頭を下げ続ける。

まぁ、俺は首ちょんぱでも死なない可能性があるけどな。率先してそうなりたくはない。

そうしていると、ナウスが、

「……本当に頭を上げても大丈夫ですぞ。この方は腐った貴族とは異なる心を持った方ですので」

腐った貴族……。

確かにそういう貴族もヤーランにはいるが、他国に比べればその割合は少ない方だろう。

色々と理由はあるが、東天教を信仰している者が大半なのが大きい。

あの宗教は清貧とか他者への思いやりとかそういうものが基礎にあるから、貴族が信仰している場合は領民たちに対する思いに繋がりやすいからだ。

騎士団長ナウスもそんなヤーランの実情を認識していないわけではないだろうが、それにしてもその言葉にはかなり強いものが含まれているような感じがする。

ますますきな臭く感じてきて、ついていきたくない……。

しかし、王族の求めを正面から断るのは難しい。

うーん、正面から、か。

先延ばしにするくらいのことは出来るんじゃないかな。

そうすれば、色々と対策をとることも可能かもしれない。

少なくとも、今このまま行くよりかはずっといいだろう。

そう思った俺は、話をその方向に持っていくべく、話を続けることにした。

とりあえず、頭を上げろ、と言われたので俺が上げる。

俺なら首を飛ばされてもいいし、一応一番前の位置にいるから代表としてまずは俺が、みたいな空気があったからだ。

そして実際ゆっくりと顔を上げると、剣の一撃が飛んでくる……ことなどなく、騎士団長ナウスと王女ジアが普通にこちらを覗いていたので大丈夫そうだと分かった。

あぁ、良かった、と心から安堵しつつも、そんな態度は見せずに、堂々として口を開く。

「王女殿下、騎士団長閣下、お気遣いいただき、感謝いたします」

「いいえ、構いませんわ……それで、王宮へのご招待についてなのですが、いかがでしょう？」

王女ジアがそんなことを言い始めた。

いかがでしょう、とか言いつつこれは社会一般的に断ることが認められない類の質問である。

けれど、現実には疑問形なのだ。

それに断るわけではなく、先延ばしにすることは流石に許してはくれるのではないか。

ダメなときはダメなときだ。

「……それについてですが、私たちは冒険者で、現在、依頼を遂行中です。そのためまずはその報告に戻らねばなりません。それに加え、格好を見てお分かりいただけるでしょうが、王宮に上がるのに適切な服装ではなく、出来れば準備をする期間をしばらくいただきたいと……」

三人揃ってど派手なのだ。俺とロレーヌは確かに流行りの格好だし、オーグリーもチカチカするとはいえ仕立て自体はかなりいいものを着ている。

しかし、流石に王宮にこの格好で上がると不敬だと言われるだろう。

高貴な身分の人間の前に出るには、それなりの準備というものが服装についても必要で、俺たちはその意味で及第点に達していない。

だから時間をくれ、というのは割と悪くない言い訳であるはずだ。

これは必ずしも俺たちのためだけではなく、招いた側に恥をかかせないための気遣いでもあるのだから、ジアたちにも受け入れやすいはずだ……。

俺の言葉に、まず理解を示してくれたのは騎士団長ナウスだ。

近衛騎士団長は貴族でなければなれないが、王族を守るという役割の関係で、どちらかといえば剣の腕の方が重視されると聞いたことがある。

もしかしたら、それほど身分は高くないのかもしれない、とその対応で推測する。

「ふむ、それは……確かに。こう言っては何ですが、なんだか目がチカチカする格好ですしな。それに、どんな仕事でも一度受けたものは完遂せねばならぬもの。本来であれば王族を優先すべきものですが……姫はそのような横入りは……？」

「お父様には国民の仕事を邪魔してはならぬと昔から言われていますわ。もちろん、後日で構いません」

この辺りも東天教の他者に対する思いやりとかそういうものが前面に出た価値観だろう。

他の国の王族なら素直に横入りを良しとする、というかそもそも横入りという概念自体に首を傾げるだろう。

庶民の仕事と王族の要求とはそもそも次元の違うものとして理解するのだ。

同列に並べてどっちが先、みたいな考えですらない。

このやり取りでヤーランはそういう感じではないということが分かって良かった。

そもそもど田舎国家だ。王族と国民の距離も他の国々より遥（はる）かに近い。

感覚も庶民寄り、ということだろうな。

「……では、そのように。準備が出来ましたら……いかがすれば？」

「王宮を訪ねてもらえれば良い、と言いたいところですが、流石に普通の冒険者が突然、王宮を訪ねても門番が入れませんからな……こちらをお持ちくだされ。そうすれば、門番も扉を開くことでしょう」

そう言って、ナウスは一枚のメダルを手渡してきた。

そこには、ナウスの鎧の一部に描かれているものと同じ紋章が刻まれている。

一角獣（ユニコーン）が魔物を突き刺している物騒な紋章だ。

しかし騎士としては勇ましいと判断されるものなのかな……その辺りの感覚は俺にはよく分からないが、とりあえずなんとなくかっこいいのは分かる。

俺の家には家紋なんてないから……いや、あの村の異常さを考えると、もしかしたらあるのかもしれない。帰ったら聞いてみよう、とちょっと思う。

「これは？」

「見た通り、我が家の家紋の描かれたメダルですな。こういった場合に手渡して、私から直接、用事を言いつけた相手と証明するのに使うのです。何枚かありますが、それなりに貴重な金属を使って作られた魔道具ですので、必ず返してくれなければ困りますぞ」

肩を竦めて少し冗談っぽく話しているが、その目は真剣である。

ロレーヌも横で興味深そうにメダルを見つめつつ頷いているので、中々の魔道具なのだろう。

金属の質も俺の目から見ても良さそうなのが確かに分かる。

売ればいい金になりそうだが、その代わりに首が飛びそうなのでそこは諦めよう。

「……承知しました。では、後日必ず王宮へ訪問させていただきます。それと……」

「それと？」

「そちらの馬車についてなのですが、大丈夫でしょうか」

事務的な話が終わったところで、今度は現実の問題である。

馬車は完全に横転しており、ここから王都まではそこまで遠くないとはいえ、歩いて一時間以上はかかる。騎士たちはともかく、王女殿下には厳しそうだ。

「幸い、横転しているだけですので、引き起こせば使えるでしょう。元々、王族のためにかなり丈夫に作られておりますでな。しかし、それには時間がかかりそうですが……」

魔力も体力も削られた状況で、馬車を引き起こすのは大変だろうな、と考え、

「……どうする？」

と、俺はロレーヌとオーグリーにひそひそ声で尋ねる。

その意味するところは、詰まるところ手伝うかどうか、ということだ。

ナウスは王女と一緒に残った騎士たちに馬車を引き起こさせるべく指示を出している。

「……手伝っておいた方が色々後で便宜を図ってくれるんじゃないかな？　僕はともかく、君たちは元々目立ちたくなかったんだろう？　なら、最悪、後で僕だけが王宮に行くという手もあるし、そうしても許してくれそうなくらいに恩を売っておけばさ……」

それはつまり、俺とロレーヌはどこかに行ってしまったから王宮に来られない、とオーグリーが一人で言いに行くということだが、流石にそこまでさせるわけにはいかない。

そもそも、助けようと言ったのは俺だしな。

それによって背負ってしまった厄介ごとを、オーグリーに背負わせるのは余りにも申し訳ない。

確かにそもそもの話をするならオーグリーが余計な依頼をさせたから、という話になってしまうが、依頼を受けると決めたのは俺だ。

そこをどうこう言うのはよろしくない。

「俺たちにとってはそうしてくれた方が都合がいいかもしれないが、そんなことしたらお前の王都での立場が悪くなる。会ったばかりだが、流石にそこまでしてもらうわけにはいかないな」

するとオーグリーは少し驚いたような顔で、

「……僕のせいで厄介ごとに巻き込まれたようなものなのに、優しいね。ま、そう言ってくれるとありがたいが……じゃあ、どうするんだい？」

　これにロレーヌが、

「……何にせよ、恩を売っておいた方がいいというのは正しいでしょうね。幸い、馬車を引き起こすくらいなら簡単に出来ますし……よろしいでしょうか？」

　魔術を使う気なのだろう。

　騎士たちの中にも魔術を使える者はいるだろうが、職務の関係で、その技術の大半は攻撃魔術に寄っているはずだ。

　ロレーヌはそういったもの以外にも、便利かつマニアックな魔術を色々と身に付けている。

「構わないが……派手なものじゃないよな？」

　一応、目立ちすぎない、が王都における俺たちの目標だったはずだ。

　当初はせいぜい服装が派手、くらいで終わっておきたいと思っていたくらいだ。

　これ以上目立つのは避けたい。

「……そうですね。さほど派手ではありません。が、少々にょろにょろしているかもしれません……」

「にょろにょろ？」

　何だその擬音は、と思ったが、派手でないなら別に構わない。

　世の中の魔術師は、大体一つか二つくらいは趣味に走ったおかしな魔術を身に付けているものだし、そういうものだと見てくれるだろう。

「じゃあ、頼む」

　俺がそう言うと、ロレーヌは少し離れた位置にいるナウスのもとに向かっていく。

「ナウス近衛騎士団長閣下。僭越ながら……馬車の引き起こし作業をお手伝いしようと思うのですが……構いませんか？」

「いや、いや。流石に命を助けてもらって、これ以上何かしてもらうわけには……馬車も、時間はかかるでしょうが、日が落ちるまでには王都に辿り着けるでしょうし」

　とナウスは断る姿勢を見せた。

　けれどそれだと恩が売れない。ロレーヌは押しに押す。

「屈強な騎士であらせられるナウス近衛騎士団長閣下をはじめとした栄光ある騎士の皆様方ならともかく、高貴なる王女殿下にはこのような血なまぐさいところに長くいることはお辛いと思うのです。出来る限り、早く馬車を引き起こすことが肝要かと存じます。私でしたら、多少の魔術の心得があり、このようなときに重宝する魔術も身に付けております。お任せいただければ、ほんの数分で馬車を引き起こすことが可能です。どうぞ、お使いくださいませ」

　よくもそこまでペラペラと言葉が出てくるものだなと思うが、彼女も帝国だと色々と学者間の調整に苦労したような話を昔していた。

　その辺りで身に付けた処世術なのかもしれない。

　ナウスの方は、最初は断ろうと思っていたようだが、王女殿下、とロレーヌが言い始めた辺りから思案するような顔になり、さらにほんの数分で、と言った辺りで驚いたような顔をして、少し苦

悩するような表情を見せた後、

「……命を助けていただいた上、このようなことを申し上げるのは大変に心苦しいのですが、どうか、私たちにお力をお貸しくだされ。実のところ、我々はここに至る前に別の者の襲撃に遭って、魔力も体力も尽きかけておるのです。いつもならば楽に出来ることでも、今は……」

と、正直に置かれた状況を述べて、頭を下げてきた。

「傷の具合や、魔力などから見てそうではないだろうか、とは推測していました。深い事情はこれ以上尋ねるのは僭越でしょうから、そこは尋ねません。とりあえず、馬車を引き起こしてしまいますので、騎士の方々に馬車から距離をとらせていただけますか？」

と言うと、ナウスが騎士たちに向かって叫ぶ。

「おい！　お前たち！　今から、この方が馬車を起こしてくださる！　馬車から距離をとれ！」

騎士たちは言われた通りに離れ、それを確認してからロレーヌは、呪文を唱えた。

ロレーヌは色々な魔術を無詠唱で使える技量を持つ魔術師であるが、基本的に人前ではしっかりと詠唱する。

それは、実力を他人に見せないためであり、魔術師としての嗜(たしな)みなのだそうだ。

古来、有能な魔術師は権力者に囲われてきた歴史があるためそれを避けるためだという。

ロレーヌが呪文を唱え終わると、地面から緑色の太い蔦(つた)が何本も這(は)い出てきて、縄のようにぐるぐるとお互いに巻きつき合い、さらに太く強くなる。

そして、その蔦の縄は、馬車に巻きつき、そのまま持ち上げて、馬車を元通りの状態へと引き起こしてしまった。

なるほど、ロレーヌの言った通り、にょろにょろしている魔術だ。しかも早い。

あれで人や魔物の体に巻きついて絞め上げたら、一瞬で意識を落とせるだろうな。

こういった植物系統の魔術はエルフが得意とするが、ロレーヌも使えることは知っていた。

もっと小さな、鞭のように植物を使うところは見せてもらったことがある。

ちなみに、俺の使う聖気による植物の成長促進とは色々と異なる。

魔術の場合、ずっと魔力を維持していないと、植物自体が消えてしまうのだ。

それに、これを使って果実などを採取することも出来るのだが、味がしなかったり酷い味だったりするのが通常だ。栄養もないらしい。

聖気を使った場合は、成長した状態を永続させられる。

だから聖気の加護はありがたがられる。

俺の出張肥料としての価値も下がらない……いや、下がってもいいんだけどな。

「おぉ、これは……見事ですな！　植物系統の魔術は難しいと聞きますが……」

近衛騎士団長ナウスがロレーヌの技量をそう言って褒めるが、ロレーヌは、

「いえ、趣味に走っているだけですので……」

と謙遜する。実際、趣味の部分も大きいのは間違いないだろうが、あれだけ植物を操れるのは魔術師として高い技量がある証拠だ。

植物系統の魔術は、生き物の支配の側面が強いために難しいらしい。

エルフなどが得意なのは、彼らが生まれたときから森と深い縁を結んで生きていく種族だからで、そうでないのにこれだけ使えるロレーヌはやはり器用だということになるだろう。

「それほど謙遜されずとも……しかし、これで王都にもすぐに辿り着けそうです」

ナウスがロレーヌにそう言ったあと、ジア王女がナウスに、

「ナウス。それでは、呼びますわね」

そう言って、口笛を吹いた。

一体何を、と思っていると、遠くから何かが走ってくる音が聞こえてきた。

見れば、それは二体の真っ白な一角獣（ユニコーン）だった。

おそらくは、元々馬車を牽（ひ）いていた《馬》なのだろう。

手なずけるのが難しく、また気性もかなり荒いためにあまり《馬》として利用されない生き物だ。

ただ、その体力や速度は一般的な《馬》を遥かに凌駕（りょうが）するため、懐かせることさえ出来れば非常に重宝すると言われる。

ジアが呼んだら来たことから、この一角獣（ユニコーン）たちは基本的にジアの言うことだけを聞くのだろう。

賢い生き物らしいから、ジアから他の人間の言うことも聞くように言われれば聞くだろうが……。

あまり近づくのはよした方がいいな。

主人以外の人間には野生動物となんら変わらないとも言われるものだから。

ジアはそれから、起き上がった馬車に一角獣（ユニコーン）を繋ぐ。

その作業は手馴（てな）れていて、完全な箱入りお嬢様というわけではなさそうだ、という印象を受けた。

加えてナウスに馬車の中に隠れていろと言われたのに自分で外を確認して安全と見るや出てきてしまうくらいだから、落ち着いた性格というわけでもなさそうだ。

二度も襲撃を受けているのに、割とあっけらかんとしているしな。

それから、騎士たちは馬車の点検を始めたが、どうやら特に大きく傷ついた場所はないらしい。

横転していたのだから、全くの無傷というわけではなかったようだが、ナウスがこの馬車は丈夫だと言うだけあって、走行に問題はなさそうだ、とのことだった。

「それでは、そろそろ我々は出発しようと思います」

ナウスがそう言ったので、俺は答える。

「ええ。もしよろしければ王都までご一緒しますが、いかがですか？」

これは、ロレーヌとオーグリーと相談して決めたことだ。

つまり、恩の押し売りの二つ目である。

多少は回復しているだろうが、それでも完全とは言い難い状態にある騎士たちだ。

王都までほど近いとはいえ、騎士たちが馬車を守りながら進めば一時間はかかるだろう。

今は徒歩になってしまっている騎士たちも、もともとは騎馬していたようだが、そちらは一角獣(ユニコーン)とは違って襲撃でかなりの数、ダメになっているようだしな。

残っているのは二、三頭だけだ。残っているだけマシか。

「それは、護衛してくださるということですかな？」

「ええ、差し出がましいこととは思いますが、何よりも王女殿下の安全を考えますと……余計なことでしたら、どうかお聞き流しください」

王女の安全に強くこだわっていると、先ほどのロレーヌとの会話から理解しての台詞だ。

「……そうですな。おっしゃる通りです。可能であるならば、ぜひ、お願いしたい。もちろん、お礼もいたしますので」

やはり、ナウスはそれを言われると弱いようで、俺はさらに押す。

「承知しました。とはいえ、騎士でない者があまり目立つのも何です。我々は後方からついてまいりますので、どうぞよろしくお願いします」

幸い、というべきか、王都までの道のりは非常に平和なものだった。

そもそもあれだけの魔物が街道に出てくること自体、珍しいのだ。

おそらくは、もともとこの一行が何かに襲われて、血の匂いを撒き散らしていたのが原因だろう。

狼系統の魔物の鼻の良さは折り紙付きだからな。

森で魔物を倒したら、さっさとその場を離れないと次から次へとやってくる。

流石に街道まで来るのはあれ以上いなかったようだが、しかしあれだけいれば十分とも言える。

当分、狼系統の魔物は見たくないな……。

「……ここまで来ればもう問題ないだろうな」

俺がそう言うと、ロレーヌが猫をかぶった口調で、

「そうですわね。そろそろ離れた方がいいかもしれません」

と言ったので、俺は頷く。

「じゃ、言ってくる」

俺は馬車の後方から前方に移動し、ナウスに直接、

「ナウス近衛騎士団長閣下、王都正門もすぐそこですので、我々はそろそろ離れます」

「おぉ、そうですか。確かに、ここまで来れば流石にもう何もないでしょう。何かあったとしても、正門からすぐに人がかけつけるでしょうし……では、ここまで本当にありがとうございました。後日、必ず王宮にいらしてくだされ。貴方方の功績はしっかりと陛下にも伝えておきますゆえ」

そんなことされても困るので、遠まわしに拒否しておくことにする。

「いえ、王女殿下の高貴なる身を守るのは当然のことですのでそれには及びません。では、失礼いたします」

そそくさと下がっていく俺に、ナウスは尚もまだ言い足りなそうだったが、聞けば聞くほど藪蛇になりそうな気がしたので気づいていないふりをしてさっさと下がり、ロレーヌとオーグリーに、

「じゃ、俺たちは平民用の列の方に行こうか」

と言って、迅速に馬車から離れた。

当然、俺たちが離れた馬車は、高位貴族用の列の方に向かっていく。

王都正門に並ぶ列はいくつかあって、平民用と下級貴族用、高位貴族用、徒歩用、馬車用など

色々別れているのだ。

門自体がかなり巨大だから出来ることだな……。

当たり前だが、平民用は今の時間帯は結構並んでいる。ちょうど出入りの激しい時間帯なのだ。

対して、王女たちが向かった方は全然人がいない。

そもそも高位貴族の数が少ないのだから当然だ。

あっちの方が楽なのでついでについていく、という方法もあったが、それをやると色々記録に残ってしまうからな……。

流石に貴族たちの出入りについてはしっかり記録がとられているから。

供の者についても数が少ないから記憶される可能性が高いし、よした方がいいという判断だ。

「やっと帰ってこられたな……」

王都内にすんなりと入れて、ほっと息を吐いた俺である。

一度入ることが出来ているとはいえ、あまり胸を張って出せない身分証を使ってのことだ。

内心かなりドキドキだった。

俺とは異なり、ロレーヌの方は流石に王都に慣れてるだけあって堂々としていたが。

オーグリーにはなんだかんだ適当に理由をつけて少し先に王都内に入ってもらったが、彼はしっかりとした身分証を持っているから問題などあるはずもない。

最後に王都に入ったのは俺で、正門から入ってすぐのところで俺を待っていたロレーヌと合流する。

「来たか。そんなにビビらんでもいいだろうに」

と俺の顔を見るなり内心まで見抜いた台詞を言ったロレーヌである。

ビビるなと言われてもよろしくないことをしているのは事実なのだ。

どうしようもなく小心者な俺には難しい話である。とはいえ、ばれてないのは、内心ビビっていても、しっかりと兵士に対しては対応出来ていたからだ。

彼らは何か挙動不審な奴(やつ)を見つけるとしつこく質問を繰り返すものだからな。

ああいう場では、むしろどれだけ悪いことをしていようが堂々としている方がいい。

「ばれなかったんだからそれでいいだろ。それより……あれ、オーグリーは?」

ロレーヌよりも先に中に入って俺たちを待っているはずだったのだが、姿が見当たらないので俺がそう尋ねると、ロレーヌが言う。

「あぁ、冒険者組合(ギルド)で先に依頼達成の報告をしてくるとのことだ。私たちには報酬の話もあるから、待っていろと」

「待ってろって、ここでか?」

流石にずっと立っているのも目立つから避けたい……と思って尋ねると、ロレーヌは首を振る。

「いや、指定の店で、ということだ。一応場所と店の名前は聞いているから、適当に行けば分かるだろう」

なるほど、と思い、

「じゃあ行くか」

とロレーヌと二人連れだって歩き出したのだった。

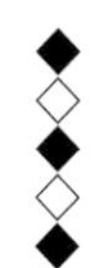

しばらく歩いて、俺とロレーヌが辿り着いた場所は、大通りからかなり奥まった位置にある、路地裏の一軒の店だった。

「確かにな……」

「……また随分と怪しげな店だな」

軒先に掲げてある看板は確かにオーグリーからロレーヌに伝えられた通りの店名が記載してあるが、蔦が絡まって非常に読みにくい。

もし、店の場所を詳細に説明されていなかったら、間違いなく通り過ぎただろうと思われた。

しかし、そうはいっても入らないという選択肢はない。

俺がおそるおそる店の扉を開けると、ぎぎぎぎ、という音と共にゆっくりと扉が開いていく。

「――いらっしゃい」

しかし、扉の隙間から中に頭を突っ込んで覗いてみれば、意外なことにそこにはむしろ瀟洒(しょうしゃ)な家具に囲まれた居心地の良さそうな空間が広がっていた。

様々な植物が目障りにならない程度に店内に飾られており、テーブルや椅子は飴色にまで使い込まれ磨かれた中々の品ばかりである。

カウンターにいるのは総白髪を短く切り揃え、後ろに流している細身の老齢の男で、食器を磨く姿がかなり様になっている様子から、この店の積み重ねた年月が分かるようだ。

「……意外だな。こんな店にオーグリーのような奴が来たら相当目立つのではないか」

ロレーヌが冷静にそう突っ込みを入れる。

これには俺も頷かざるを得ないが、まぁ、人の趣味だ。そこは自由だろう。

それからとりあえず、おそらくは店長と思しきその白髪の男性に尋ねる。

「……あの」

「はい、何でございましょう」

「ここでオーグリーという冒険者と待ち合わせをしているんだが……」

途中で言葉を切ったのは、もうすでに来ているか、という意味と、来ていないならどこで待つべきか、指定の席などあるか、という意味を込めたためだ。

店長らしき男性は、すぐにその意味を読み取り、頷いて、

「オーグリー様はまだいらっしゃっていませんが、どうぞこちらへ」

と言って、店の中でも特に奥まった位置の席を案内してくれる。

入り口からはほとんど見えないその場所は、人目につかないで済みそうだ。

「ご注文は？」

そう聞かれたので、俺とロレーヌは適当に飲み物だけ頼んで待つことにした。

しばらくして配膳されたその飲み物は味もよく、王都を活動拠点にしたら是非行きつけにしたくなる店で、いいところを紹介してもらった気分である。

そうして、ゆったりとした気持ちでオーグリーを飲み物一杯分の時間待っていると、扉を開くぎぎぎぎ、という音がした後、店主の声と足音がこちらに向かってくるのが聞こえてきた。

そして、

「……待たせたね。どうだい？　この店は。中々気に入ってるんだけど……」

と言いながら、オーグリーが顔を出す。

しかし、その様子に俺とロレーヌは驚いた。

「……お前、その服装は何だ」

「何かおかしいかい？」

俺の質問にオーグリーは首を傾げる。

正直に評価するなら、別におかしくはない。

おかしくはないが、おかしくないことがおかしいのだ。

オーグリーといえば、どんなものを着ているにせよ、チカチカするという印象は一切変わらない男のはずだった。

しかし、今、彼が着ているものは、地味なものだ。

茶色の外套(がいとう)に、全体的に暗く沈んだ色合いの衣服を中に着ている。靴もまともなものだ。

尖(とが)って白かった先ほどまでの派手さはその面影を見ることすら出来ない。

何か変なものでも食べたのだろうか？

そんな視線を俺たちがオーグリーに向けていることに気づいたのだろう。

オーグリーは笑って、

「いやいや、流石に僕でも空気くらいは読めるさ。この店にあの格好は相応(ふさわ)しくないだろう？　それに、君たちのこともある。それほど目立ちたくないということだったから、僕なりに気を遣ったのさ。余計だったかな？」

その台詞は意外……でもない。この男はマルトにいたときから、こういうところがあった。

空気が読めないようでいて踏み込むべきでなさそうなところは敏感に見抜くし、気を遣えないようでいて大事なところはしっかり押さえるというか。

王都に来てもその感じは変わっていないらしい。

俺はオーグリーに言う。

「いいや、むしろ気を遣わせて悪かったな……。それで、依頼の報告は終わったのか？」

俺の質問に、オーグリーは椅子に腰かけながら答える。

「ああ、終わったよ。金貨二枚、しっかりもらってきた。まず、これを君たちに」

事前に依頼料は全額俺たちに回してくれる、という話をしていたから別に驚きはしないが、本当にそうされると、いいのかな、という気分になる。

「おい、いいのか？　お前が自ら受けたお前のための依頼みたいなものだとはいえ、依頼料を出してるのは服飾店の方なんだし、お前にももらう権利があると思うんだが」

「それはそうかもしれないけど、最初に約束したしね……色も付けるって言っちゃったから、もう一枚追加しよう」

そう言って更に金貨一枚を重ね、全部で三枚になった金貨をずい、と俺たちの方に寄せた。

俺はロレーヌと顔を見合わせるが、ロレーヌは、「……こうまで言うのだからもらっておけばいいんじゃないか？」という顔をしている。

オーグリーの顔を見つめてみるが、その表情に乱れたところはなく、珍しく真面目な感じだ。

これは断ってもダメだろうな、と俺は素直に金貨三枚をもらうことにした。

ちなみに、今回採取してきた火精茜の依頼料としてこれが適切かといえば、かなり高めだということになるだろう。

マルトで依頼すれば銀貨一枚でお釣りがくる依頼だ。

鉄級か銅級冒険者が持っていくような依頼だから当然だ。

マルトでたくさん依頼を出して、王都に品物を持ってくれば差額で儲けられそうな気もするが、類似品というか、代替品があるためにそううまくもいかない。

オーグリーのように特殊な理由でどうしても欲しい、という場合以外にはあまり求められない品なので、高いは高いが持ってきても売れないだろう。

そういったことを考えると、まぁ、適切な値段なのかもな、と思わないでもない。

依頼をする方も、される方も、見つけにくい特殊な依頼なわけだから。

「じゃ、遠慮なく……。ただ正直高すぎる気がするから、ここの払いは俺が持つことにしよう」

もちろん、今もらった金貨三枚の中から出す。

オーグリーもそれくらいは別にいいかなと思ったようで、嬉しそうに、

「お、ありがたいね。食事も頼んでいいかい？　実はここ、料理も美味しいんだ」

ちなみに俺たちが飲んでいる飲み物は、アローサルと呼ばれる嗜好品だ。

カヅキグサと呼ばれる植物の根をすり潰したものに、ロアという乾燥、焙煎した豆から抽出した液体を入れて混ぜたもの。

この抽出する器具がかなり特殊な形をしていて、扱いも難しく、店によってかなり味に違いが出る。

その意味で、この店は当たりということになる。

こだわらなければどこで飲んだっていいんだけどな。

ヤーランでは比較的どこでも飲まれているもので、ヤーラン国民ならこだわることが多い。

他の国の人間からすると、苦いしすっぱいしで飲めたもんじゃない、となるようだが、ロレーヌは割と普通に飲んでいるというか、中毒に近いくらいよく飲んでいる。

家にも抽出器があったはずだ。

個人で持つのにはお高い品なのに、それだけ好きということだろう。

苦手な人はミルクやハチミツを混ぜたりする。

俺？　もちろん混ぜるさ。苦いんだもん。

オーグリーは全く混ぜないでがぶ飲みしているようだが……。

「好きにするといい。だが、そういうことなら俺たちも何か頼もうかな……」

「そうですわね。ちょっとお腹も減りましたし」

ロレーヌも頷いてそう言ったので、店主を呼んで適当に作ってもらうことにした。

「……おっと、もうだいぶ時間が経ってしまったね。そろそろ僕は行かなければ」

外を見ると、だいぶ太陽の位置が低くなっていた。

食事も粗方食べ終わって、とりとめのない雑談をしていたが、やはり割と俺はこの男と気が合うのか、話は尽きなかった。

同じソロ同士、酒を飲んだことも何度もあるから、気安く感じる。

まぁ、オーグリーからしてみればほぼ初対面の人間だろうから、馴れ馴れしい奴、と思ったかもしれないが。

「そうか。じゃあ、出るか」

「そうだね、レント。約束通り、ここの払いは頼むよ」

「おぉ、分かった……ん？」

返事をしながら、何かおかしくなかったか、今。

と思い、じゃらじゃらと見ていた財布から顔を上げると、笑顔のオーグリーと、何してるんだ馬鹿、と言いたげなロレーヌの顔がそこにはあった。

「……やっぱりか。ということは、君はロレーヌ？」

オーグリーがロレーヌの顔を見ながらそう尋ねた。

ロレーヌは少し考えたようだが、もう意味がないと思ったのか、

「……あぁ、そうだな。まったく……いつ気づいた？」

「強いて言うなら今だね。確信はまるでなかった。ただ、剣の振り方がレントそっくりだったから……戦っているところを見なければ、気づかなかったと思うよ」

「剣の……こいつの剣術はそんなに特徴があるのか？」

「いや、むしろあんまり特徴がないよ。そうじゃなくて、なんていうかな、綺麗なんだよね。お手本のように。まっすぐ敵の体に入っていく感じ。ひたすらに練習したんだろうなって感じさせるもので……それが特徴といったら特徴かな。それで、君たちは何でまた変装して王都に？」

なんと言っていいものか、迷う質問だ。

だが、もう今更だろう。転移魔法陣のことは言えないので、微妙な説明になってしまうが。

「……色々と事情があって、ここにいることを記録に残したり出来ないんだよ。王都に来た理由は……強いて言うなら観光かな？」

王都正門で、適当に門番に言った台詞だったが、嘘でもない。

ガルブ達に唐突に連れて来られて、何をしているかといえば概ね観光である。

あとは、冒険者組合本部の下見もしたしな。

「その色々が知りたいんだけど……ま、冒険者に根掘り葉掘り聞くのはルール違反か。つまり、君たちがここにいるってことは黙っていればいいんだね？」

オーグリーは別に説明せずとも、意図を理解してそう言ってくれる。

あの騎士とお姫様に出会ったときも配慮してくれたのだから、さもありなんという感じではある。

「そうしてもらえるとありがたい」

「分かったよ。心配なら魔術契約書でも使うかい？」

そこまで言ってくれるが、ばれたのは俺の不注意だ。

これからは剣の使い方ももっと注意しよう、と思いながら俺は首を横に振って、

「いや、お前を信用するよ。ただ、ばれると最終的にお前の身も危なくなるかもしれないから、本当に黙っておいた方が良いぞ」

俺たちがここにいることだけから、転移魔法陣を使ったという結論に辿り着くのは相当難しいと思うが、もしそれが事実だと分かったら何が何でも手に入れたい、と思う人間は少なくないだろう。

手段も選ばないに違いないし、そうなると危険なのは俺たちの身だけではない。

断片でも情報を抱えているオーグリーもということになる。

俺の言葉を聞いて、オーグリーも少し恐ろしくなったらしい。

「……やっぱり魔術契約書を使おう。いいやつを使えばうっかりミスも防げるんだよね、確か」

そう言ってきたので、とりあえず俺たちは魔術契約書を手に入れるために歩き出したのだった。

魔術契約書はその質がピンキリで、また用途や効果も色々とある。

最も単純かつ多用されるものは、契約を破った場合に何らかのペナルティを課すもので、これが標準的な魔術契約書だと認識されている。

この標準的な魔術契約書の中にも質の上下はあるのだが、基本的に冒険者組合（ギルド）や商業組合などで購入することが出来る。

ただ、オーグリーが言ったいわゆる《いいやつ》となるとまた少し別である。

というのも、彼が言及したそれは、契約不履行の場合にペナルティをただ課すのではなく、契約内容を、契約が破棄されない限りは何があっても守らせるという強制力を持つもので、これは魔術契約書の中でも少し特殊だからだ。

値段も紙一枚の癖してそれなりに張る。

そして、これは悪用されると非常に危険性が高いために、冒険者組合（ギルド）や商業組合などで購入することは出来ず、使用出来る場所も限られている。

このタイプの魔術契約書が売っているのは……。

「着いたよ。ここが王都にある契約の神ホゼーの分神殿だ」

先導していたオーグリーが、荘厳な建物の前で立ち止まり、そう言った。

真っ白な石柱が重そうな天井を支えている、巨大な建物。

その大きさゆえ、王都中心部からは離れた、どちらかといえば郊外に建てられているが、それも仕方がない話だ。

国王陛下が神殿長などに用事があるときは、王都中心部にある神官用の執務所に連絡がいくことになっているらしい。

そしてそこからここまでやってきて、神殿長に話を伝え、神殿長はここから王城まで向かう……という面倒な手順をとるという。

神官も大変だな、と思ってしまう話だ。

それにしても、これだけ大きい建物なのに、分神殿に過ぎないと言われると驚く。

神々の本神殿は、色々なところに分散しているし、王都など人間が決めた中心地に過ぎないわけだから当然といえば当然なのだが、それでもな……。

聞くところによると、本神殿の方が小さい場合もあるらしい。

ここはどうかな。

契約の神はその守護する職分からして人間と深い関係があるから、こういうところにある分神殿の方がデカそうな気はする。本神殿がどこにあるのかは知らないけども。

「しかし、マルトからのお上りさんの癖に、すっかり王都の地理が頭に入ってるんだな」

分神殿の中に進みながら俺がそうオーグリーに尋ねると、

「こっちに来て結構経ったからね。依頼のこともあるし、来た日から歩き回って王都の基本的な地理は完全に覚えたよ。路地裏まで行くと少し怪しいけれど」

冒険者は依頼によっては依頼主のもとに直接行くこともある。

俺がラウラのところに行ったように。

そういうときにスムーズに尋ねられるように本拠地としている街の地理は覚えておけと言われる。

しかし実際にやる人間がどれほどいるかと言われる疑問だ。

マルトの若い奴らはみんなやってるけどな。

俺をはじめ、マルトの新人向け講義を受けた冒険者は皆そういう風に教えられるからだ。

オーグリーも今は王都の冒険者だが、根はマルトの冒険者ということだろう。

神殿の中は静謐(せいひつ)な空気に満ちている。

ただの雰囲気というわけではなく、流石にこれくらいの規模の神殿になると聖気使いがある程度常駐し、毎日浄化を行っているために実際に聖気に満ちて空気が清らかなのでそう感じるのだ。

不死者(アンデッド)である俺が清らかな空気に心地よさを感じているのはどうかと思うが……。

まぁ、聖気を使える不死者(アンデッド)なのだから、セーフだろう。

ジメジメしたところも好きだけどな。

「……ホゼー様の神殿へようこそいらっしゃいました。本日はどういったご用向きでしょうか？」

しばらく進むと、神官が寄ってきて俺たちにそう尋ねてきた。

広間の奥には巨大なホゼーの像があり、その前で祈りを捧(ささ)げる人々が見える。

ホゼーは、正義を司る錫杖と、公平を担う天秤を片手ずつ持って、ゆったりとした服を身に纏っている髪の長い女神だ。

その瞳はまっすぐに前を見つめ、いかなる不正をも許さないという強い意思を感じさせる。

彼女の前に立つ者に、契約の重さと、それを破ることへの覚悟を問うているのだ。

神々にも色々と性格はあるが、その中でもかなり厳しい方の神様として知られている存在だ。

俺は緩い神様の方が好きだが、ここではそうも言っていられない。

俺は神官に言う。

「本日は、ホゼー様のご加護を受けた魔術契約書をいただきたく、参りました」

別に質について言う必要はない。

というのも、通常使われている魔術契約書は《ホゼーの加護を受けている》とは言わないからだ。

作り方はホゼー神殿が独占しているが、基本的に通常の魔術の延長線上の技術で作られているというところまでは知られている。

しかし、俺たちが今回求めている、行動の制限まで伴う魔術契約書はその製作段階に聖気が関わっている。つまり、聖人・聖女によって作られているものであり、そのためにホゼーの加護を受けている、という言い方をするのだ。

「そうでしたか。でしたら……使用については神殿内で、という決まりになっておりますが、その点は……？」

「問題ないです。部屋を提供していただけるのですよね？」

「ええ、防音の魔術がかかった部屋がございますのでご案内します。どうぞこちらへ」

神官はそう言って、俺たちを先導して歩き始めた。

巨大なホゼー神の石像の横を通り過ぎ、辿り着いた扉を開くと、その向こうに通路と、等間隔に並ぶ複数の部屋へと続く扉が見えた。

扉を通り過ぎるたび、その扉の表面に赤い文字で《使用中》の言葉が浮き出ていることから、中に人がいるのだろう。

そんな扉の中、何も浮き出ていない扉の前に辿り着くと、

「こちらです」

神官はそう言って扉を開き、中へと進むように俺たちを促す。

指示に従い、三人全員が中に入ると、神官も入ってきて、少し黙る。

……何だ？　と思っていると、ロレーヌが俺の横っ腹を肘でつつき、「……寄付だ、寄付」と小声で言った。

あぁ、そうだった、と失念していたことを思い出し、来る前にしっかりと準備していた革袋を取り出して、神官に、

「……お納めください。ホゼー神のご加護を賜りますように」

と言って差し出すと、神官は頭を下げて受け取り、

「では、こちらを」

と言って、一枚の羊皮紙を手渡してきた。

明らかに聖気の宿っているそれは、まさに俺たちが求めている魔術契約書である。

「使い方は通常の魔術契約書と変わりません。ただ、行動の強制まで伴う点が異なりますので、その点はご注意くださいませ。では、私は下がらせていただきます。契約内容を詰める中で、何か分からないことがございましたら、こちらの鈴を鳴らしてお呼びください。すぐに参りますので」

そう言って神官は部屋を出ていった。

「防音がかかっていても、この鈴の音は外に聞こえるのか？」

神官が出ていった部屋の中で、テーブルの真ん中に置いてある宗教的な装飾の施された鈴を見ながら、俺が素朴な疑問を口にすると、ロレーヌが説明してくれる。

「そいつは感じ取るのが難しいが、微弱ながら魔力が流れているから魔道具だ。おそらく対になる鈴があって、片方が鳴らされるとそちらも鳴るとかそういう仕組みになっているのだろう。防音の魔術は魔力も少なからず遮断するが、その点も考えられた特別な品だろうな」

その説明になるほど、と納得する。

魔術師一年生の俺には少々見抜くのが難しい話だった。

ほとんど魔力が感じられないから普通の品かと思ったほどだ。

どちらかというと細工の美しさや素材の感じから、売ったら中々高そうだな、盗まれないのかな、という方が気になっていたくらいだ。

しかし、魔道具だというのなら盗むのは難しいだろう。

大体、そういった品の盗難防止対策として、こういったところは敷地から出すと警報が鳴ったりするように魔術をかけているものだからな。

そういう専門の魔術師集団がいるのだ。

世界で一番多い犯罪は窃盗及び強盗であるため、非常に需要は高く、儲かっているらしい。

「じゃあ、鳴らしても神官が来ない心配はしなくていいとして……契約の話に移ろうか」

「そうだな。オーグリー、覚悟はいいか？」

俺の言葉に頷いたロレーヌが、脅すようにオーグリーに言う。

「……覚悟って何さ、覚悟って」

「色々知る覚悟さ。ただ普通に私たちが来たことを黙っておけ、というだけなら何も知らずとも問題はないが、契約するとなるとな。細かい条件付けのためにも色々と話しておく必要がある」

「確かに、それはそうだね。単純に君たちが王都に来たことを黙っておく、なんていう契約にして、もし君たちが他の機会に堂々と来たことも黙っていなければならなくなったら、僕は何にも喋(しゃべ)れなくなってしまったりするもの。ただ……それでも色々と限定をつければ範囲を絞ることも、僕を黙らせたい部分だけ黙らせることも不可能ではないように思うけど……その方が君たちにとっても都合がいいんじゃないかな？」

「それだとオーグリーの負担が大きいだろ？　そういう契約が出来るっていっても、それこそ雁字(がんじ)

搦めみたいになるし、予期してなかったところで不便なことになる可能性も考えられる」

「それは……確かにそうかもしれない。でも僕が君たちの立場だったら不便なんか考えずに契約しちゃうけどな。昔から君たちは冒険者にしては優しいよね。甘いとも言えるけど。特にレントは」

それを言われると辛いところがある。けれどロレーヌは、

「レントはそうだろうが、私はそうではないぞ。オーグリー」

「どういうこと？」

「お前には色々話すつもりでいるが、もし契約せずに逃げようとしたら地獄の底まで追いかけてそれこそ永遠に逆らえないようにしてやる。お前はこの部屋に入った時点で、契約を結ぶ以外に道はないのだ」

と、ちょっと凄む。

オーグリーはそんなロレーヌに少し怯えた表情を作るが、すぐに、

「そういうことは本当に思っていたとしても、普通は黙っておくものさ。言ってくれるだけ、やっぱり優しいと思うな……ま、話は分かった。僕も覚悟を決めて話を聞こうか。そこまで言うんだ。何か余程の秘密があるんだろう？　ちょっと楽しみだね」

オーグリーに話すのは、基本的には俺の正体についてだ。

転移魔法陣についてはガルブ達と相談が必要な事柄なので、そこはぼかすということになる。

ある程度事情を話せば、推理を重ねることでなんとなく分かってしまうのかもしれないが、その辺りも含めて秘密としておくようにうまい契約条項をロレーヌに考えてもらおう。

基本的にその辺りは丸投げだ。

俺も簡単な契約条項くらいなら作れるが、細かくなってくると全然ダメだ。

ロレーヌは職業柄か、そういうことが得意である。

だから、大丈夫だろう。ダメなときはダメなときだ。

「そうだな……どこから話したものか迷うが、まずは俺のことからかな。オーグリー、俺が一時期マルトで行方不明になってたことは知ってるか？」

「あぁ、僕がマルトを出る少し前くらいの話だね。あのときはもう死んじゃったのかな、寂しくなるな、なんて思ってたけど……なにせ、一緒に王都に行かないか誘うつもりだったからね」

それは初耳である。

「また、何で？」

「お互いソロで、銅級だったじゃないか。でも、王都を目指してたのは同じで……ちょうど銅級ソロでも護衛に雇っていいっていう王都行きの隊商が見つかってさ。もしかしたらもう一人、来るかもしれないけどどいいか、って尋ねたらいいよって言ってくれたんだ。でも、結局君は……。ま、そういうわけで、僕は一人で来たんだけど」

意外なところに意外なチャンスが転がっていたものである。

《龍》に食われてこうなったこともある意味いいチャンスだったわけだが、あのときそうはならずに、オーグリーと王都に来ていても案外良かったかもしれないな。

リスクはあるが、王都周りの迷宮の、少し強い魔物と戦ったらもう少し実力も上がったかもしれないし……。

　無理だったかな。

　そんなことを思いながら、俺はオーグリーに言う。

「そうだったのか……そうなれなかったのは少し残念だな。でも、お前は一人でここに来て、銀級になってるんだから偉いよ。頑張ったんだな」

「そう言ってもらえると嬉しいね。でもレントも頑張ったんじゃない？　さっき見た君の戦いぶりは凄かったよ。身のこなしや剣術それ自体は、元々かなり完成していたから変わってはいなかったけど、地力が凄く上がっていたというか……今の君なら銀級昇格試験もすんなり越えられるだろうと思った」

　オーグリーはしみじみそう言った。

　その表情には、お互い、ソロで寂しい上の見えない生活を送り続けてきて、やっと報われた感慨のようなものが宿っているような気がした。

　二人でこのまま永遠に銅級のまま終わっていくのかな、とたまに弱気になって話したこともあったのだ。

　お互いの気持ちはよく分かった。

「……そうだな。それは俺も感じる。銀級試験を越えられるかどうかは受けてみないと分からないが、実力は上がった。ただ、それには理由があるんだ」

オーグリーの言及したのがちょうど話を切り出すのにいい話題だったので、俺はそう言った。

オーグリーはそれに首を傾げて、

「……理由かい？　となると、単純に修行を頑張った、というわけじゃなさそうだね……いや、いつも頑張っていたけど、それで強くなるのなら君はもうとっくに銀級になっていただろう。しかし……他に一体何が……」

考えても思いつかないらしい。

まぁ、当たり前だろう。

普通に考えて、ある日いきなり魔物になったら実力が上がった、なんていう結論に辿り着けるわけがないからだ。

しかし、これについては言っておかなければならない。

どういう反応をするかは賭けではあるが、オーグリーの人柄はマルトでの付き合いでよく知っている。ロレーヌほどではないにしろ、オーグリーに対しても俺なりに信頼があった。

俺は言う。

「あんまりもったいぶるのもなんだから、端的に言うぞ。ただ、あんまり驚くなよ」

それでも一応前置きは必要だと思っての台詞だった。

「……もうすでに十分もったいぶってるじゃないか」

「何言ってるんだ。これはお前のために設けてやった心の準備のための時間だぞ」

「はいはい、分かった分かった。それで？」

俺の言葉を場の緊張をほぐすための冗談と受け取ったのか、肩を竦めつつそう言ったオーグリーに、俺は、そんな態度をとるんだったらもう気を遣ってやらんと、シンプルに言う。

「……俺、魔物になったんだ」

「……は？」

唐突の告白に骸骨のように、かくり、と強く首を傾げたオーグリーであった。

少し黙っている間に、徐々に俺の言葉が浸透したのか、

「……ちょ、ちょっと待って……え？　魔物に？　誰が？」

そう聞かれたので、俺は自分で自分を指さした。隣でロレーヌもまた、俺を指さしている。

なんだかマヌケな絵面だな。

あんまり真剣になりすぎてもあれだしな……これくらいの空気感の方が色々言いやすい。

「……いつ？」

オーグリーがさらに尋ねてきたので、俺は詳細について語る。

「まさに俺が行方不明扱いを受けていたときだよ。迷宮に潜ってたら運悪く《龍》に襲われてさ。気づいたら骨人(スケルトン)になってた」

そう言うと、オーグリーは安心したように笑って、

「……何だ、冗談か。今の君、どう見ても人間だよ？　顔も仮面で上半分しか見えてないけど……

目玉だっておでこだって眉毛だってあるじゃないか。それで骨人（スケルトン）は流石に無理があるよ」

　そういう意味の安心だったか、と思って俺は説明を付け足す。

「今は骨人（スケルトン）じゃなくて吸血鬼（ヴァンパイア）だからな。そりゃ、人そっくりの見た目さ。確かにオーグリーの言う通り、今は概ね、こうなる前の見た目と変わってないことは確認してる。でも、俺は人じゃない……ほら」

　そう言って、腕を出してそこを軽く引っ掻（か）いて傷をつけると、ぷくり、と血の球が浮き出てくるが、その傷は即座に塞がっていった。

　こんなことは人間ではまず、ありえない。回復魔術や聖気を使えばほとんど同じ現象を起こせるが、今、俺がどちらも使っていないことは明白だろう。

　つまり、自己治癒力のみで治したことは明らかで、そんなことが出来る存在は限られている。

「……いやぁ……何を聞かされるのかと思っていたけど、流石に……これは……」

　ここでやっと俺が魔物になった、という事実を信じざるを得ない、とオーグリーは思ったのか、頭を抱えながらそう言う。

「恐ろしいか？　それとも軽蔑したか？」

　俺がそう尋ねると、オーグリーは首を横に振って、

「いや、別に。僕が魔物に強い憎しみを持っているとか、魔物に受け入れがたい思いを抱いていたら分からなかっただろうけど、僕には特にそんな気持ちはないからね。魔物は基本的に敵だが、それは僕が冒険者で、彼らを倒すことが仕事だからさ。友人が魔物になったからといって、その友人

を憎しみのこもった眼で見られるかと言われると……全然そんなことはないね」

そう言ってくれた。

その辺りの危惧は持っていたが、冒険者の過去なんて基本的に聞けない。

聞いても答えないし、答えたところで嘘だったり冗談だったりする。

本当に深いところは、かなり仲良くなった上で、ぽつりぽつりと語られることがあるかないか、というくらいだ。

オーグリーとは付き合いが長いし、そういうことがあってもおかしくはない仲ではあるとは思うが、しかし現実にはそういう話をすることはなかった。

そういうところにはお互い、踏み込まないようにしていたからだ。

彼に魔物に関する辛い記憶、みたいなものがないようで良かった。

俺には一応あるが、俺も魔物全般に対して思うところがあるかと聞かれるとそんなことはない。

あの銀色の狼が憎いだけで、他の魔物についてはむしろ面白く見ているところがある。習性とか生活様式とか見ていると面白い系統の魔物も、ゴブリンなどを始めとして沢山いるからな。

人間と同じで、悪い奴とそうじゃない奴がいるのも同じだ。

大抵人を見ると襲ってくるのは事実で、理知的な魔物は例外的だが。

「そう言ってくれるとありがたいな。俺は体は魔物になってしまったけど、人の心を捨てたわけじゃないし、昔からの友人にそういう目で見られるのは辛い……」

「ま、そうだろうね。しかし……吸血鬼か。やっぱり、血を飲むのかい？」

　興味本位なのかそう尋ねてきたので、俺は答える。

「そうだな。別に普通の食事が出来ないわけじゃないが、血の方が美味く感じる」

「……まさか、その辺でうら若き女性に襲い掛かったりはしていないよね？　次にマルトに行ったときマルト美人の数が減っていたら僕は怒るよ」

「そんなことするわけないだろう。ロレーヌから少しずつ提供してもらってるんだ。ちゃんと同意を得て」

「あぁ……確かに合法的に人の血を得るためにはそれくらいしか方法はないだろうね。足りるの？　足りないなら僕もあげてもいいよ。流石に倒れるくらいは無理だけど」

　本当にオーグリーは忌避感ゼロらしい。

　まだそこまで実感がないからかもしれないが。

　そもそも見た目もほとんど変わっていないし、ビジュアル的にはただ格好がちょっと怪しくなっただけだからな。何か魔物っぽい行動をしない限りは、以前と変わらない、という感覚しか持てないのが普通かもしれない。

　血をくれる、とまで言ってくれたオーグリーであるが、流石にそこまでしてもらう気はない。
　現状、ロレーヌのそれで足りているし、シェイラも提供してくれている。

さらに増やす必要はない。

それにどんどん増やしていったら、だんだん人間から遠ざかっていってしまう気がする。

嫌だろ？

うーん、こちらの血は実に豊潤で濃厚ですが、しかし僅かに後味に渋みが残りますね……ズバリ、最近食生活が乱れているのではありませんか？

とか言って俺が人血ソムリエ化したら。

まぁ、それはそれで面白いのかもしれないけど……ロレーヌは面白がりそうだな。

味覚の詳細な調査が始まるかもしれない。

全力で遠慮する。

そんな色々な妄想を呑み込み、俺はオーグリーに言う。

「いや、それはいいさ。今のところロレーヌの血で足りてるからな。これから先、どうなるかは分からないけど」

なぜか下級吸血鬼(レッサーヴァンパイア)であるらしいというのに、さほど血を必要としない俺である。

ただ、永遠にこのままだとは誰も保証してはくれない。

以前、血肉が欲しくてロレーヌに襲い掛かったときのように、ある日突然、魔物の本能に支配されて誰かに襲い掛からないとは言い切れないのだ。

そういうときはロレーヌがあのときと同じように倒してくれるだろうから、そんなに心配はしなくていいのかもしれないが、まずはそうはならないように頑張っていきたいところである。

「そうかい？　ならいいんだけど……。ちなみに、骨人(スケルトン)から吸血鬼(ヴァンパイア)になったのはなぜかな？」

オーグリーからそう尋ねられ、まだ説明していなかったか、と思った俺は言う。

「あぁ、魔物の《存在進化》ってあるだろ？　あれだよ」

「《存在進化》……それって、普通(ノーマル)のスライムが毒(ラアル)スライムになるようなあれかい？」

「……随分とマニアックなところを出してきたが……それであってる、よな？」

少し不安になってロレーヌに尋ねると、彼女は頷いて言う。

「ああ。概ねな。ただ、スライムの属性変化は必ずしも個体の能力が上昇するというわけじゃない。進化と言っていいのかどうか議論が分かれているところでもあるから微妙な例ではある。素直に骨人(スケルトン)が骨兵士(スケルトン・ソルジャー)になるようなもの、と考えてくれ」

確かにそっちの方が分かりやすいし、議論の余地のないところだ。

誰でも知っている代表的な魔物だしな。

これにオーグリーは、

「そう言われてもね、僕はスライムが好きなんだ。あの不定形の存在が可愛いだろう？　昔、飼ってみようと思ったこともあるくらいだ。適切な容器が見つからなくて断念したけど」

と衝撃の告白をする。

ただ、そうはいってもそんな考えに至る人間はこの世にいないわけでもない。

子供なんかは意外とスライムが好きだしな。

思いのほか、女性や子供に人気がある魔物なのだ。

それは絵本や伝説に沢山出てくるし、そういう場合に見聞きするスライムの形はぽよぽよして可愛らしい感じであるからだ。

けれど、冒険者になった者はその大半がスライムを嫌いになる。

なぜなら、迷宮や森に蠢くスライムたちは、基本的に常に生き物の死骸を消化中であり、それが透明な体液の中に浮かんでいるからだ。

完全に消化されて骨になっているのならまだ、許せる。

しかし、中途半端に消化されている様子ときたら……もう完全にホラーだ。

嫌いになるのは当然と言えた。

その意味で、オーグリーは稀有な例外だ。

ロレーヌも割と例外だが。確かスライムが好きだったと思う。

「容器……確かにスライムは大抵のものを消化する。一般的な瓶に入れてもダメだな」

ロレーヌが真面目な声で答えると、オーグリーは分かってくれるのか、と嬉しそうな声で、

「そうなんだよ！　だから他にも色々試してみたんだけど、保って二週間だったね。試してないのは、それこそ、高価なものばかりで……流石に貧乏銅級冒険者には無理だったよ。今ならもう一度挑戦してみてもいいかもしれないけどね」

と言った。

ということは、マルトでそんな物騒な実験をしていたわけだ。

諦めてくれて本当に良かった。

しかし話がずれた。

ともかく、

「……スライムについてはどうでもいいんだ。俺はそういう理由で吸血鬼（ヴァンパイア）になったってことだ。それから……色々あってな。今はとりあえず人間に戻ることを目標に活動してる」

「王都に来たのもそれが理由？」

「そういうわけでもないんだが……その一環ではあるかもしれないな」

実際は微妙なところだ。

人間に戻りたい。

そのために自分のルーツを知るために故郷に戻ったら、とんでもない秘密を聞かされ、そしてその秘密の奥に眠っていた転移魔法陣でここまでやってきたのだ。

しかし、それは俺が今までただ上を目指して魔物を倒していたそれだけの生活をやめて、色々と探究し始めたから現れてきたものだ。

人間に戻るために活動していたら、ここに来てしまった、ということが出来ないわけではない。

「そうか……ま、そういう理由なら、王都に来たことを言えないっていうのも分かるよ。魔物が街に入っていた、それは一体どこの誰だ、って探し始めたときに、名前があがったら困るもんね」

「そうだな」

それ以上に、遠くにいるはずなのにここにいる、という話になるのが困るのだが、その辺はまだ言えない。

転移魔法陣の秘密について明かす範囲を決められるのはガルブ達だからな。

それに、契約を結ぶにあたって、これくらい認識を共有していれば何か間違いが起こることはないだろう。

通常の、特に魔術的ペナルティを負うことのない契約と異なり、魔術契約書による契約の難しいところだ。

というのも、その契約をどう解釈するかを決めるのは、契約した本人たちの無意識だと言われているからだ。

通常の契約であれば領主やそれに任命された裁判官が解釈を定めればそれで足りるが、魔術契約書の場合、解釈が問題になるのは契約書の内容に違反することをしたその瞬間であるために、そういった人間の司法関係者の判断が入り込む隙間がないのだ。

たとえば、オーグリーと俺との間で、オーグリーのおやつを俺は食べない、食べたら目の前で裸踊りをする、という契約をしたときに、俺がオーグリーのおやつを食べたとする。

その場合に、契約内容が問題になり、効力が発するのは俺がおやつを食べたその瞬間だ。そしてオーグリーが目の前に現れたそのとき、俺は裸踊りを自らの意思に関係なくすることになる。

このとき、いつ、誰が契約の内容を解釈しているのかが問題になる。

そして、これについては諸説あるが、一応の通説として、契約違反をしたその瞬間に、本人たちの無意識が判断していると言われているのだ。

つまり、俺がオーグリーのおやつを食べてはいけないと分かっているのにオーグリーのおやつを食べた、と認識していると契約違反となる、ということだ。

これについて、嘘は吐けない。

その虚実については、神が判断していると言われ、自分を偽ろうとすると見抜かれるからだ。

そういう理由があるために、魔術契約書を使ってしっかりとした間違いのない契約を結ぼうとする場合には、お互いに認識をある程度共有する必要がある。

使い方が難しいのだ。

その辺りの詳しい理（ことわり）については法学者や魔術学者、神学者辺りが協力しつつ研究しているらしいが、俺たち一般人の認識は概ねそんな感じだ。

だからあまり多用されないわけで、覚悟も必要なのだが……。

俺はオーグリーに言う。

「さて、これで大体話した。契約をしたいと思うが……いいか？」

「そうだね。それでいいだろう。細かい条項は……」

オーグリーが頷いてそう言ったので、ロレーヌが、

「それは私が作成しよう」

そう言って、部屋に備え付けてある下書き用の粗い紙に仮案を書いていく。

オーグリーも確認し、それでいいと頷いたところで本契約に移った。

特殊な魔術契約書とはいえ、使い方は通常のものと同じ。

つまり、契約条項を書いて、お互い署名すればそれで契約が発効する。

どちらから署名するかは一応問題になるが、それは相手が信用ならない人物である場合だけだ。

いつでも好きに発効出来る状態で契約書を持ち歩かれたりされては困るためだ。

今は別に気にしなくてもいいだろう。

オーグリーは昔からの知り合いで、その性格も分かっている。

それに、この場から逃走しようとしても部屋の入り口の最も近くにいるのはロレーヌだ。

彼女に魔術を構築されて扉に近づけないようにされればいくら銀級となったオーグリーでも出ることは出来ない。

オーグリーが何か俺たちが知らない強力な切り札でも持っている、というのなら話は違うだろうが、そこまで気にしても仕方がないしな……。

「じゃ、俺から書こう」

そう言って、俺は契約書に署名する。

……？

なんだか文字が妙に輝いたような気がしたが……。

「レント？　どうかしたのか」

ロレーヌがそう尋ねたので、俺は首を振った。

「いや……何でもない。ほら、オーグリー」

俺は、オーグリーに契約書とペンを渡す。

やはり特別製の魔術契約書だけあって、紙も特殊なようで触り心地が妙にいい。

紙のようで紙じゃないというか、金属っぽい手触りがする……。

やっぱりかなり特殊な製法をしているのだろうな。

観察すれば分かるかも、とちょっとだけ思ったが全然無理だ。

そもそも俺程度にそんなこと出来るなら誰かが既にやっているだろう……。

「あぁ、分かった」

オーグリーは俺から契約書を受け取り、そこに名前を書く。

「……長いな」

というのは、オーグリーが書いた名前のことだ。

オーグリー・アルズ、だけではなくその後にも長々と続いている。

それを指摘するとオーグリーは、

「あんまり見ないでくれよ、恥ずかしい」

おっと、冒険者の暗黙の了解たる、過去を探らない、に抵触してしまっているかなと思って俺はすぐに下がった。

「悪い。そんなに長い名前の奴、あんまり見ないからな」

とはいえ、全くいないというわけでもない。

国によっては改名手続きなどが簡単なところもあるらしく、自分で好き勝手に名前をつける奴というのがたまにいて、恐ろしく長い名前をしているときもある。

冒険者だと、百人に一人、いるかいないかくらいの割合か。

箔をつけようとかそういうちょっと愚かな感覚でつけてしまうらしい。

オーグリーもその口かな、と一瞬思うが、そういうタイプでもないような……。

「ま、別に見てもいいけどね。若気の至りってやつさ」

と、オーグリーが俺の想像を肯定するような返答をしてきた。

俺がオーグリーに会ったのは三年ほど前だから、そのときには既にまともな感覚になっていたということかな。

服装についていては今でもちょっとあれだが、受け答えは普通だ。

これに加えて、毎回名乗るごとに物凄く長い名前を言って暗記するよう迫って来たら流石に愛想が尽きそうである。

まともになってて良かった。

「……よし、これでオッケーっと。レント、ロレーヌ、これで契約は発効……」

そうオーグリーが言いかけたところで、魔術契約書が普通ではありえない輝きを放ち始めた。

「これは……!?」

観察していると、その光は徐々に収束し、契約書の上に、何か像を結び始める。

何なのか気になってじっと見つめていると、それは見覚えのある形のものに変わっていった。

それはつまり……。

「……まさか、これって……ホゼー神?」

とオーグリーが言った。

確かに、そこには天秤と錫杖を持つ、長い髪の女性の淡く透明な姿が浮いている。

そして、彼女が祈るように目をつぶると、彼女の持つ錫杖から光が降り注ぎ、契約書に書かれた文言にその光が染み込んでいく。

それから光が静まると、ホゼー神……のような像は、少しずつ焦点を失うように空気に解けて、消えていった。

光が消滅したその場に残っているのは、俺たちが書いた契約書だけ。

恐ろしいような気がして、契約書に触れるのもおっかなくなる出来事だが、触れないわけにもいかないので人差し指で軽くつついてみる。

「……特に、何もないな……」

俺がそう言うと、オーグリーとロレーヌもそれに触れ始めた。

「今のは一体何だったのかな……？　いわゆる《ホゼー様の加護を受けた魔術契約書》ってのは、契約を結ぶごとにああいうことが起こるのかい？」

オーグリーの気持ちも分かる。

通常の魔術契約書も、発効するときは淡い光を放つから、その延長線上にある現象だと考えれば何も怯えることなどない。

しかし、ロレーヌが首を横に振った。

「私は以前、これを使う現場に居合わせたことがあるが……そのときは通常の魔術契約書と同様、光っただけで終わった。確かに多少光は強かった気がするが……その程度で、何者かの像が結ばれるなどということは起こりはしなかった」

「……つまり？」

「非常に特殊な現象である可能性が高いな。今こそ、この鈴を使うべきときだろう」

そう言って、神官が鳴らして呼べと言っていた鈴を指さす。

「でも、契約内容を見られてしまうのは……」

とオーグリーが言ったところ、契約書からすうっ、と契約の文言全てが消えていった。

契約書の表面に残っているのは、俺とオーグリーの署名だけだ。

しかも、その署名すらぼやけてよく見えない。そう書いてある、と知っているから何とか読めるだけで、普通に見ただけだと文字にすら見えない。

「……呼んで見せてもよさそうだな」

肩を竦めてロレーヌがそう言った。

「今の現象に突っ込みは？」

と俺がオーグリーとロレーヌに尋ねれば、

「……びっくりしすぎてなんていったらいいものか、分からないね……」

「レントと一緒にいる限り、何が起こっても不思議ではないと最近諦めている」

と、身も蓋もないことを言う。

別に俺のせいじゃないだろ、と言いたいところだが、ここ最近の俺の星の巡り合わせを考えるに、そうとも言い切れないのが辛いところだ。

俺もまた、肩を竦めて、

「……とりあえず、神官を呼ぼうか……」

そう言ったのだった。

「……神気が……満ちている……!?」

鈴を鳴らすと、まるで扉の前で待っていたのではないかと尋ねたくなるようなくらい早く神官がやってきて、部屋に入ると同時に、呆けた様子でそんなことを言ったのだ。

目を見開き、茫然としている。

それを見て、先ほど契約書の上に浮くように現れたホゼー神らしき像は、ホゼー神かどうかは分からないが、少なくとも神気を放つような存在であるということが分かった。

神気はその存在を感じ取るのに修行が必要なものらしく、俺たちにははっきりと感じ取ることは出来ないが、先ほどから空気が非常に清廉なような気がしていた。

聖気による浄化を経た空気を、田舎の山の空気とするのならば、今は完全密閉されて消毒されきった感じがする、と言えばいいのか。

邪悪なるもの一切を認めない、厳しく苛烈な意志があるように感じられる。

……でも、邪悪なる吸血鬼がここにいますけど。

説得力がないな。

「……やっぱり、何か変なのですか？」

俺が目を見開いて深呼吸し続ける神官に、話が進まないから話しかけると、神官はこちらをギンッ、と見つめて、俺の胸ぐらを摑み、

「何が！　一体何があったのですか!?　教えてくださいませっ！」

と、揺らしまくる。

物凄い剣幕だ。

「ちょ、ちょっと一旦放して……」

と言うと、神官ははっとした顔で、

「……あぁ、申し訳なく存じます。少々興奮しすぎました」

そう言って止まってくれたので何とか命が助かったような気分になる。

いや、胸ぐら摑まれたくらいじゃ流石に死なないけど、なんかこう、精神的な死を感じたよ。

俺は。

しかも……改めて神官を見ると、女性だ。

先ほどまでゆったりとした神官服を身に纏い、かつフードをかぶって視線を下げていて、声も中性的だったから顔も性別もはっきりとは分からなかったが、今興奮して激しく動いたため、フードが外れて顔が露わになっている。

ホゼー神の神殿は契約を司る関係上、神官たちはその顔貌を見せることを慎んでいるというが

……いいのだろうか？

「……フードは、いいのですか？」

「……？　あっ……」

俺に指摘されて、そそくさとフードを深くかぶり、ほっとした空気を出す神官女性。

……もう手遅れだと思うけどな。

「もう手遅れではないか？」

俺があえて口に出さなかった台詞をロレーヌが素直に言った。

神官女性はそれにがっくりと肩を落とし、渋々といった様子でフードをもう一回下ろし、

「……そうですね……」

と言った。なんだか妙におっちょこちょいというか、抜けている神官である。

案内してくれたときはスムーズかつ説明も簡潔でしっかりしているような印象を受けたんだけどな。

この部屋に満ちているらしい空気のせいか、素が出ているということかもしれない。

神官といってもやっぱり所詮人間だからな……そういうこともあるだろう。

ま、神官の個性はいいんだ。

それよりも……。

「神官殿。神気がどうとかおっしゃっておられましたが……」

「あぁ、そうでしたね。そう、皆様に感じられているかどうかは分かりませんが、神気がこの部屋

に満ちています。まるで、神々が降臨されたかのような……この部屋を聖地にしたいくらいです」

神官の答えに、俺たちは顔を見合わせる。

俺たちに神気が感じられているかというと、おそらくだが、全く感じられていないわけでもない。

何か、いつもと違った感じは分かる。

が、魔力や聖気のようにまではっきりとは分からない、といった感じだ。

しかし、聖地か。

神殿内の一室なのだから好きにすればいいと思うが、問題はなぜそんなことになっているかだ。

俺は先ほどあったことを神官に説明する。

「……聖地云々は置いておいて、事情を説明しますと、先ほど、魔術契約書を使用したら、そこにホゼー神らしき像が現れ、おそらくは祝福……か何かを契約書にかけていかれたのです。こちらがその契約書で……」

そう言って契約書を手渡すと、神官は恐れ多いものを受け取るような格好で頭を下げ、そしてゆっくりとそれを手に持った。

それから空に掲げるように契約書を観察すると、深く頷いて、言った。

「……間違いなく、ホゼー神のご加護がかけられております」

「……この契約書は《ホゼー様の加護を受けた魔術契約書》なのではないのですか？」

俺がそう尋ねると、神官は首を横に振って、

「それも間違いではないのですが……細かい話をいたしますと、違います。この契約書は、《ホ

ゼー神の加護を受けた聖者・聖女が作った魔術契約書》ですので、間接的にホゼー神のご加護を賜っているのです。ただ、そう呼ぶより、単純に《ホゼー様の加護を受けた魔術契約書》と言ってしまった方が、ありがたみが増しますので、そのように呼んでいるのです……」

……知りたくない話だった。いや、ホゼー神殿の神官たちはどこか、神官というよりかは商人に近い空気感を持っている人ばかりなので、納得出来る話でもあるが。

別に嘘も吐いてはいないし。

この契約書が聖者・聖女によって作られていることは一般に公表されているのだから。

重要なのは効力があるかで、実際、その点に問題はないのだから責める必要もないといえばない。

神官は続ける。

「ただ、こちらの……皆様方がお使いになられた契約書は、本当にホゼー神のご加護を賜っております。よほど神々にとって重要な契約だった、ということなのかもしれません」

「……重要な契約にはホゼー神が直々に加護を授けることもあると？」

ロレーヌがそう尋ねると、神官は頷いた。

「ええ。とはいっても、私が見たのはこれが初めてです。伝えられるところによりますと、聖剣の貸与に当たって契約を結んだ際にはホゼー神が直々に降臨され、ご加護を授けられたとか。他にもいくつか例はありますが、いずれも言い伝えに残るようなものばかりです。失礼ながら、皆様方は一体どのような内容のご契約を……？　いえ、もちろん、無理にお聞きするつもりはございません。ただ、ホゼー神に仕える者として、出来れば、知りたい、という気持ちがあるだけですので……」

これに俺は、こう答えるしかない。

「申し訳ありませんが、内容については教えられません。しかし、他の例を聞く限り、それらに並べられそうな重要性のある契約を結んだわけではありません」

「……そうですか」

俺の返答にがっかりとした神官だったが、それに続けて、

「では、せめてお名前を……」

そう言ったが、これにも首を横に振らざるを得ない。

「いや、それも申し訳ないのですが……」

そう言うと、神官の顔はもはや絶望に塗りたくられたかのようであった。

しかし、これぱっかりは仕方がない。

ただ、俺とロレーヌはともかく、オーグリーは別に言ってもいいかもしれない。

契約や正義を司る神の神殿だけあって、神官たちは守秘義務は頑なに守る、と言われているからな。たとえ国や強い権力を持つ団体に聞かれても、秘密を明かすことはないらしい。

歴史上、そう言った逸話がいくつも残っているのだ。

たとえばさっきの聖剣の話にしても、初期は誰が剣を手に入れたかは秘密にされていたらしく、その際に魔王の一人に操られた大貴族が国の権力を振りかざして神殿にその持ち主の名を言うように迫ったというが、その際も完全に突っぱねたという。

まぁ、たとえそうであっても言わない方がいいけどな。

神官の方も悲しそうではあるが、これ以上尋ねるのもホゼー神殿の神官として失格と思ったのか、

「……いえ、謝られるようなことではありません。むしろ、無理にお聞きして申し訳ありませんでした。ですが……契約に関して何かありましたら、我が神殿にぜひご連絡を。本神殿、分神殿問わず、必ずやご協力いたしますので。こちらは、いずれのホゼー神殿でも直接神殿長に面会を求めることの出来る面会証です。ぜひ、ご活用くださいませ」

そう言って、一枚のカードを手渡してきた。

おそろしく待遇がいいというか、なぜここまで、という感じだ。

そもそも、何でこんなものを一介の神官が持っている？

そんな俺たちの疑問を察したのか、

「あぁ、申し遅れました。私はこのヴィステルヤのホゼー分神殿の神殿長のジョゼ・メイエと申します。どうぞよろしくお願いします」

と名乗ってきた。

続いて名乗りそうになるが、そうそううっかりもしていられない。

名乗らずに、三人で手を差し出して順に握手した。

「ええ、よろしくお願いします」

しかし、神殿長か。

神殿長にしてはかなり若いな。二十代半ばくらい。つまりは俺やロレーヌと同年代だ。

それでヤーラン王国という田舎国家とはいえ、その王都の分神殿の神殿長を務めているとは出世

しているのだな、という感じである。

まぁ、神官の出世は聖気を持っていたりするとかなり早いそうだし、神気などを敏感に感じ取っていたらしいことからおそらくは聖気持ちであろう。

つまり、聖女だ。

ならばおかしくはないとはいえ、あまり深い関係を持つこともないだろうが。

オーグリーは王都で活動している関係で街中で出くわすこともあるかもしれないが、その際はジョゼの方から避けてくれることだろう。

さて、聞きたいことも聞けたし、やるべきことも終えたし、そろそろ時間も本当にやばくなってきた。オーグリーもオーグリーで用事があると言っていたし……。

「では、そろそろ私たちは帰りますので……」

「あぁっ……そうですか……」

あからさまにジョゼが悲しげな顔をした。

もっと何か聞きたい、という表情であるが、もう話すことも話せることもない。

俺たちはそそくさと部屋を出て、そしてそのまま神殿の出口に向かったのだった。

「さて、色々あったけど、これで心配することはなくなったかな」

俺が神殿を出てからそう言うと、オーグリーが頷く。

「そうだね。契約を結んでしまえば、仮に聞かれても契約を盾にして喋れないって言えるし……気が楽になったよ。言おうとしても言えなくなったしね」

俺やロレーヌが許可を出した場合なんかは言えるように契約にある程度の幅は持たせているが、そういうミスを防げるのは常に心配しながら生きないで済むだけ楽だろう。

「まぁ、心配し過ぎなのかもしれんがな。そもそも今回契約した内容について、嗅ぎ付けて解き明かそうとする者などそうそういるとも思えん……ニヴの例があるから、若干心配なだけで」

ロレーヌがそう言った。

確かにその通りである。

見た目が完全に人間と変わらなくなった今、俺をそうだと見抜ける者などそうそういるはずがなく、ここまで厳重に扱わずとも基本的には露見はしない可能性が高い。

だが、もしものときのことは常に考えておくべきだろう。

だから、今のところ、俺の秘密について告げた人物は皆、元々信用出来る人間か、魔術契約書を使って約束よりも強固で信頼出来る裏付けをもらった相手だけだ。

いずれ、俺の体のことが分かっていくにつれ、関係性の薄い他人にもどうしても説明しなければならない場面が出てくるかもしれないが、そのときはよくよく考えなければならないだろう。

「ニヴっていうと、あのニヴ・マリスかい？」

オーグリーがその名前が気になったのかそう聞いてきたので、俺は答える。

「ああ。吸血鬼（ヴァンパイア）を追って、マルトに来てるんだ。俺も相当疑われてさ……」

「それはまた……お気の毒に。でも問題はなかったようだね？　意外な話だが……」

一番意外だったのはもちろん俺だ。

そもそも、ニヴが探していたのは俺以外の吸血鬼（ヴァンパイア）だった。

今頃は見つかっているのかな……西からやってきて、あれだけの情熱をもって探していたのだ。マルトが地方都市としてはそこそこ広いとはいっても、毎日辻斬（つじぎ）りならぬ辻聖炎をされては隠れている吸血鬼（ヴァンパイア）もどうにもならないだろう。

「ま、無事だったからそれはそれでいいのさ。そう言えば、オーグリー、お前、何か用事があるって話だったが、時間はいいのか？」

俺がそう尋ねると、オーグリーは太陽の位置を確認して、

「おっと、そろそろまずいね。今日のところはこれで失礼するよ。また今度、会えるかい？　マルトを離れてから僕も色々あってね。積もる話もあるし、王都に君たちがいるときに一緒に依頼を受けてみたいし」

と言ってきた。

基本的にソロにこだわっている俺だが、それは、一人で戦い続けるのが最も強くなるのに効率的だと考えていたからで、今はまた少し考えが違ってきている。それに、オーグリーとはマルトにいるときもソロの誼（よしみ）で金欠のときにはたまに一緒に依頼を受けていた。

だから、それについては問題ない。

ロレーヌも特に問題ないようで、頷く。

「あぁ。次に来たときは連絡を入れるよ。冒険者組合（ギルド）経由……ってわけにもいかないから……」

そう言った俺の逡巡（しゅんじゅん）を理解したのか、オーグリーはすぐに、

「そのときはこの宿に連絡してくれ。ここが定宿なんだ。じゃあまたそのうち」

粗い紙に宿の名前と大まかな位置を記載したものを手渡し、手を振ってその場を去っていった。

「……じゃ、そろそろ集合場所に行くか」

俺がそう言うと、ロレーヌも頷いて答える。

「そうだな。まだ時間は過ぎていないが……ギリギリだろう。あの二人にはあまり怒られたくない」

ガルブとカピタンにか。

確かにそれは俺も同感だった。

「……急ごうか」

そう返答して、二人で集合場所へと急いだ。

勿論（もちろん）、その前に服装を元に戻すのは忘れなかった。

さすがに派手派手しい格好でガルブとカピタンに会う度胸はない。

確実にからかわれるからだ。

「おや、時間ぴったり……いや、少し過ぎたか。そんなに王都見物が楽しかったのかい？」

着くと同時に、ガルブがそう尋ねてきた。

皮肉、というわけでもなく単純に疑問だったようだ。

「悪かったよ。王都は……ロレーヌはともかく俺は初めてだからな。楽しいは楽しいさ。ただ、遅れた理由は……」

そして、オーグリーと出会い、その後色々あったことを話した。

もちろん、俺が吸血鬼(ヴァンパイア)だという点については伏せてだ。

ホゼー神殿の件は、王都に来たことを話さないでほしかったので、そうしてもらった、という嘘でも真実でもない説明をする。

色々話している途中、ガルブとカピタンの目は大分細くなっていたので、嘘を吐いていることはバレバレなのかもしれないが、それでもとりあえずは突っ込まないで聞いてはくれた。

そして全て聞いてから、ガルブはため息を吐く。

「……あんたはちょっと歩いただけでいろんなトラブルに巻き込まれるねぇ。ロレーヌ、疲れないかい？」

ロレーヌはそれに微笑(ほほえ)みながら、

「いえ、退屈になることがありませんので、楽しいですよ」

とポジティブな答えを返す。

「これはまた……そうかいそうかい。しかし、その男に転移魔法陣のことは……？」

「いや、話してない。それについては師匠たちの許可がないとと思ってさ。契約を結んだから話しても別に問題なかったかもしれないが、そこはな」

俺自身の秘密については誰にどれだけ話そうが俺の自由だ。その結果、ニヴみたいな奴に殺されたとしても、それはあくまで俺の自己責任であるのだから、それはそれでいい。

けれど、転移魔法陣については……最終的にハトハラーの問題になるからな。

勝手に話すわけにはいかない、という判断だった。

これにガルブは、

「あんたたちに管理を任せるって話をしたじゃないか。それはあの存在をどう扱うかも含めての話だよ」

と意外なことを言う。

「つまり、他人に話すかどうかも好きに決めてもいいということですか？」

ロレーヌがそう尋ねると、カピタンがそれに答える。

「あぁ。俺たちはそのつもりで言ってたんだが……うまく伝わってなかったようだな」

「ですが、もしその結果、あの転移魔法陣の存在が明らかになれば、ハトハラーは……」

ロレーヌが心配を告げると、カピタンは、

「それはあまり考えなくても大丈夫だ。いざというときは、ハトハラー側の転移魔法陣は消去することが出来る……んだよな？　婆さん」

と、ガルブに確認した。

「ああ。その方法は伝わっている。やろうと思えば出来るよ。で、あとはハトハラーは知らぬ存ぜぬで通せばそれでいい。転移魔法陣がないんだから、問題にすらならないだろうさ」

ガルブは頷いて、そう答えた。

これに驚いたのはロレーヌで、

「……転移魔法陣を、人の手で破壊出来るのですか……？」

ロレーヌが驚くのには理由がある。

迷宮内部で発見されるのが基本の転移魔法陣だが、それを人の手で破壊出来たことはないのだ。

迷宮が自らの内部構成を変えてしまうときに、勝手に消滅することはあるのだが、人が武器や魔術で削ろうとしても一旦は削れるのだが、すぐに復元してしまって、壊れることはないという。

非常に存在が強固な魔法陣なのである。

「ああ。やり方さえ知っていれば簡単だよ。あんたたちにも後で教える。あの滅びた都市の転移魔法陣の出口なんかも含めて、伝えなきゃいけない知識は結構あるからね……しっかり覚えてもらうよ」

そう言うガルブに、俺は正直、かつての修行の日々を思い出してちょっとだけ及び腰になる。

結構無茶をやる婆さんだからな、ガルブは……。

それでも当時は死ぬ気で色々覚えようと頑張っていたから、辛い、とか思う暇もなかったが、今になって思い出すと、あれは今やると絶対辛いな……と思ってしまうことがないではない。

俺はあの頃、大分精神的に限界に近かったのだ。

それでも、必要とあらばやるんだけれども。

対してロレーヌは、未知の、面白い知識を得られる機会だと考えたのか、目を輝かせて、

「ぜひ、よろしくお願いします！」

と楽しそうに言っていた。

何事も楽しんでやれるのは大事だ……。

それにしても、転移魔法陣は壊せるのか。

確かにそれなら仮に転移魔法陣のことが露見しても、ハトハラーは無関係を装えるだろうな。

破壊される前にハトハラーに転移魔法陣があることを知られたらダメかもしれないが……そのときは知った奴を口封じするしかない。

出来ればその前に破壊出来るようにしなければならない。

なんかこう、うまい仕組みを考えた方がいいかもしれないな。

それとも、既にあるのか……。

分からないが、心配が少し軽くなったような気はした。

「……ん？」

王都の正門に向かう途中、ロレーヌがそんな声を上げたので、俺は尋ねる。

「どうかしたか？」

「……あれは、オーグリーではないか？」

そう答えたので、ロレーヌの視線の先を見つめてみると、確かにそこにはオーグリーがいた。

小さな女の子と会話しているようで、何かを手渡そうとしている。

盗み聞きは良くないが、ここは王都の大通りだ。

聞かれてまずい会話はしていないだろう、と勝手に判断して、好奇心七割くらいの気持ちで吸血鬼耳（ヴァンパイアイヤー）を発動させる。

別に技じゃないぞ。俺が勝手に名付けただけで。

「……ほら、これが火精茜だ。持っていくといい」

オーグリーが少女にそう言う。

「でも、私お金……」

「何、気にするんじゃない。そいつは僕が、僕の僕による僕のための服を染めるために採ってきた余り物だからね。正直採れすぎて困ってたくらいさ……だから、気にしないで使ってくれ。お母さん、それが必要なんだろう？」

「うん……ありがとう。オーグリーおじさん！　あの、あの……」

「お礼とかはいいさ。それよりも、早く持って行ってあげるといい。今度、君たちに僕の至高のファッションを披露しに行くからさ。そのとき、病人がいたんじゃ楽しくない。ほら」

そう言ってオーグリーは少女の背中を押し、少女は後ろ髪を引かれつつも、最後にはどこかに向かって走っていった。

オーグリーはそんな少女の後ろ姿を微笑みつつ見ながら、踵（きびす）を返し、雑踏の中に消えていく。

「……立派ではないか。服装とのギャップが激しすぎるぞ」

「まぁ……ああいう奴なんだよ。だからずっと付き合ってるんだ」

そう答えながら、しかし、料金はオーグリーのファッションショー強制観覧か……適正だな。と思わないでもなかった俺だった。

第三章　数々の秘密

「戻って来たか」

しゅん、と周りの景色が完全に変わって、周囲は先ほどまでいた下水道の中ではなく、洞窟の中である。

ここは、あの滅びた都市のある巨大な空洞、その壁に開いたいくつもの洞窟の中の一つだ。

王都からは四人で連れ立って出たが、やってきたときとは異なり、特に兵士に見とがめられることも止められることもなかった。そもそも、王都を出るにあたっての検査は入るときよりも余程簡便で、身分証すら出すことなく終わった。

我が国のことながらこれで大丈夫なのか、と思うが、別に貴族街に来たわけでもない人間の出入り、特に出立については気にしないということなのだろう。

入るときしっかり検査しているから、出る分にはご勝手に、というわけだ。

やっぱり緩すぎる。

ヤーランはそんな国だからこそ田舎国家なのだとよく分かる例だ。

「王都から帝国の迷宮へ、そしてここから更に転移して、ハトハラーに戻るわけか……。改めて考えると物凄(ものすご)い距離を一瞬で旅しているのだな。私たちは」

しみじみとした様子でそう呟(つぶや)くロレーヌ。

しかし、その言葉に、ふと、ん？　と思う。

別に内容がおかしいというわけではない。そうではなく……。

「迷宮、か。そういえば、ここでも《アカシアの地図》は使えるのかな？」

ロレーヌの言葉で気づいたのだ。

あれは訪れた迷宮を自動的にマッピングしてくれる、という話で、そのルールがありとあらゆる迷宮に適用されるのであれば、ここ帝国の《古き虫の迷宮》第六十層《善王フェルトの地下都市》もマッピングされているはずだ。

とはいえ、六十層だけマッピングされていても意味はないかもしれないが。

そもそも上から下りてくる手段がないからなぁ……。

しかし、地下都市自体を歩き回る分には意味はあるか。

「言われてみるとそうだな……確認した方がいい。私も興味がある」

ガルブとカピタンは不思議そうな顔で、

「《アカシアの地図》？　それは何だい？」

とガルブの方が尋ねてきた。

これについては別に隠す必要はないので俺は言う。

「あぁ、迷宮を潜ってたら変な人物からもらった魔道具だよ。かなり便利なんで重宝してるんだ……ほら、これだ」

そう言って、魔法の袋からくるくると巻かれた古びた羊皮紙を取り出して見せた。

「……ふむ。何の変哲もない羊皮紙に見えるが」

カピタンが腕組みをしながらそう言ったので、俺はその用途を説明する。

「確かに見た目はな。でも、効果は凄いぞ。何せ、歩いただけで迷宮の地図が正確にマッピングされるんだ。冒険者にとってこれほど便利な道具はない」

「何っ……それは、俺も欲しいな。マルトではそんなものが普通に売っているのか？」

俺の説明不足ゆえに、カピタンは勘違いしたようだ。

カピタンも転移魔法陣を使って色々なところに行っているからか、迷宮にはそれなりに潜っているのだろう。これの便利さがよく分かるようだ。

しかし、その期待には応えられないのである。

申し訳ない。

「まさか。マルトは王都よりずっと田舎なんだぞ。そんなもの誰かが発明したなら、王都でも既に売ってるだろうさ。そうじゃなくて、本当にただもらったんだ。そのくれた人物ってのが相当変わってて……このローブも一緒にもらったんだけど、ロレーヌに見てもらったらそうそう作れるようなものじゃないって話だった。この地図も当然、そういう品だ」

そう答えると、カピタンはかなりがっくりとした表情で、

「……よし、今度それを賭けて決闘をしよう」

などと言い出す。

俺は慌てて、

「いやいや、勝てないから。毟られるだけだからやめてくれ！」

と叫ぶも、

「ロレーヌの幻影魔術の中のお前を見る限り、そうでもないと思うが。流石に俺とて自分より遥かに弱い相手に勝負だ、などとは言わないぞ」

と不意打ちでさらっと褒められる。

本当に？　俺ってちょっとは強くなったのかな……カピタンの目から見ても。

などという気分になりかけるが、ちらりとカピタンの顔を見ると、少し悪い顔をしているのが見えたので、

「……罠か。勘弁してくれ。無理無理。無理だって」

と冷静に拒否した。

カピタンも基本的には冗談のつもりだったようだが、

「仕方がない……その地図は諦めよう。ただ、手合せはしてもらうからな？　どれだけ強くなったかは見なければならない。教えたいこともあるからな……」

と言ってきた。

何も賭けないと言うのなら、流石に断れず、

「はぁ……分かった。手加減はしてくれよ……」

と答えるしかなかった。

それから改めて《アカシアの地図》である。

ペラリと開いてみてみると……。

「お、やっぱりここでも使えるようだな。しっかりとマッピングされている……しかも黒王虎（シャホール・メレフナメル）に乗っかって来た道のりも記載されているようだ。乗り物に乗ってもいいのか……」

ロレーヌが地図を見て、即座にそう分析した。

確かに、彼女の言う通りの地図になっている。

大体こういう品というのは自力で歩かないといけないとか、融通の利かない制限があったりするものだからな。そういうものが一切ないように思える《アカシアの地図》は、やはり魔道具として恐ろしく有用である。

量産出来たらボロ儲（もう）けなんだが……ロレーヌをして、製法が分からない、ただ完成品を見ただけで作るのは不可能に近いと言わしめた品だ。

魔術も錬金術も初心者の俺に、量産化など到底夢のまた夢に過ぎない。

ま、それはいいとして……。

黒王虎（シャホール・メレフナメル）に乗って進んだ道のりが記載されている以上に注目すべき事実が、よく見ると明らかになった。

というのは……。

「……この《至ハトハラー周辺古代王国砦跡（とりで）》とか《至王都ヴィステルヤ建国期下水道》とか書いてあるのは……」

俺がそう言うと、ガルブが、

「まぁ、間違いなく転移魔法陣の出口だろうね。驚いた。そんなものまで勝手にマッピングするとは……」

「……この感じで全部の転移魔法陣の地図を作ったら、ここからすんなりどこへでも行けそうだな。旅行業でも始められそうなくらいだ」

俺は楽しげにそう言ってみるが、三人はかなり考え込んでしまってそんな俺を無視して思索にふけっている。

気持ちは分かる。

この《アカシアの地図》については色々考えるべきことがあるだろうからな。

ただ、頑張って場の空気を明るくしようとしたのにこの仕打ちはないだろう。

芸人殺しだ。

芸人と名乗れるほど話術は優れていないけどもな。

「この転移魔法陣は、迷宮由来ではなく、ハトハラーの村人が付属させたものなのでしたね？」

ロレーヌがガルブに尋ねる。

「ああ、そうだね。ハトハラーへと続く転移魔法陣については記録も残っていないが……おそらくはあそこに移り住んだ時代に、こことの行き来をするために付属させられたものだ。王都の下水道へのものは、かなり昔になるが、村の昔の《宰相》が使った、ってことを話したね」

「ええ、よく分かりました。となると……この《アカシアの地図》はその情報をどこから仕入れているのか問題になる。こういうタイプの魔道具は色々と方式があるが、基本は持ち主本人の五感や知識を利用し、それに基づいて情報を得るタイプであるのが普通だ。だが……」

ロレーヌが説明して俺を見たので、俺は少し考えて首を横に振った。

「多分、違うだろうな。何せ、俺はあの砦が古王国のものだ、とは分かってても、王都の下水道が建国期のものだなんて知らない。数百年単位の古さだとは聞いたが、それくらいだ」

仮に俺の知識や五感を使って情報を得ていると言うのなら、転移魔法陣の記載は《至なんだかよく分からないハトハラー周辺の砦》とか《至王都の凄い古いらしい下水道》とかになるはずだ。

……もう少しかっこよく記載されるかな?

いやぁ……俺の五感や知識を使ったらそんなものだろう。

ロレーヌも俺の言葉に頷(うなず)いて、

「そうだろうな。私もあの下水道が建国期のものだ、などとは推測出来なかったし、専門家でもないレントにそれを判別しろと言うのも無理な話だ……したがってレントの知識に基づいて地図が記載されたわけではないと言える。しかしそうなると、一体どこから来た情報なのだ?」

ロレーヌの問いに、ガルブが答える。

彼女もまた、魔術師であり、かつ錬金術師だ。

こういった魔道具についてもそれなりに詳しいのだろう。

「魔道具の作成者の知識に基づいている、という可能性がまず考えられるだろうね。つまり、これを作った存在はここのことを知っていた、というわけだ」

確かに、それが一番すんなり納得出来そうな説明である。

ロレーヌも頷きながら、しかし別の可能性も口にする。

「ええ。そしてもう一つは……こちらの方は、荒唐無稽というか、夢物語のようなものだが……《アーカーシャの記録》から情報を引き出している可能性」

《アーカーシャの記録》？

何だ、それは。

そう思ったのは俺だけではなく、カピタンものようだ。

この四人組の知識担当はロレーヌとガルブらしい。

分かってたけど。

俺とカピタンはどちらかというと脳筋寄りだもんな……。

それでもそこそこ考えているし、たまにいいことも言うんだぞ、たまには。

しかし、今は二人揃って頭の上にハテナマークを浮かべているのは間違いない。

そんな俺とカピタンに呆れたように、ガルブが説明してくれた。

「《アーカーシャの記録》ってのはね、概念さ。全ての現象の記録がある場所のこと。目に見える場所ではない、そういう次元、空間があるという……まぁ、ロレーヌの言う通り、夢物語だね。ただ、魔術師、錬金術師にとって、その場所は非常に重要だ。なぜならそこには魔術の理の全てがあり、僅かにでも接触を持てれば膨大な知識を手にすることが出来るとも言われているからだ。とはいえ、歴史上、そんなものに接触を持てた魔術師などいない、はずだが……」

言いながら、ちらり、と俺の持つ《アカシアの地図》を見る。

《アーカーシャの記録》……《アカシアの地図》。

アーカーシャ、アカシア。

なるほど、そういう意味か。と納得するが、それが名前の由来だというのなら、ロレーヌの推測が正しいということになってしまう。

「……ま、あくまで可能性の話だ。名前だってそれくらい凄いんだぞ、という理由でつけた可能性も低くない。竜を殺したことのない剣に《竜殺し》なんて名前がついてることはざらだろう?」

ロレーヌがふっと張り詰めた空気を緩めてそう言った。

確かにとかく武器や魔道具の名称というのは大げさになりがちなのは事実だ。

《竜殺し》以外にも《巨人殺し》とか《神殺し》とかついてることは少なくない。

街の武具屋に行けば、そんなものが普通に店に並んでいる。

当然、竜も巨人も神も街の武具屋ごときに一々殺されてやれるほど数もいないし暇でもない。

つまり嘘だ。

まぁ、実際に腕のいい戦士がそれらの武器を持って相対すれば殺せるのかもしれないがな。

要は、《竜殺し》ではなく、《竜(を)殺(せるかも)し(れない)》というわけだ。他のものも、ご同様で。

この《アカシアの地図》もアーカーシャの記録に接触出来たと勘違いするほどに物凄い地図、の可能性も低くないということだな。

そんな推測を示したロレーヌに俺は頷いて、

「ま、確かにな……。しかし、そうなるとやっぱり作った奴がここを知っていたってことになる。それについては……」

「それは本人に会って聞くしかないだろう。お前が遭遇した人物こそが、これを作った人物である可能性が高いが……簡単に会えそうな存在でもないしな。それについては今は保留ということにする他なさそうだ」

「そうだな……あの場所へは行こうとしても行けないからな」

《水月の迷宮》深部への道は閉ざされてしまった。

壁を切っても突いてもどうにもならなかった以上、俺には行く術がない。

他に手がかりを求めるしかないが……今は何もない。

これ以上考えても分からないことだろう。

「ま、今はそいつがどれくらい使えるか知る方がいいんじゃないかい？」

ガルブがそう言ったので、どういう意味かと首を傾げると、ガルブは呆れた顔で説明した。

「そいつを使って他の転移魔法陣のところにも行ってみるのさ。それでどうマッピングされるか、見てみようじゃないか」

とりあえず、かなりの数ある転移魔法陣全てを今日一日で回るわけにもいかないので、いくつかを選んで回ってみることにした。

どの転移魔法陣を回るかはガルブとカピタンの選択に丸投げだ。

というのも、彼らは俺たちが使っていない転移魔法陣をいくつも常用していて、その出口についても既に知っているからだ。

《アカシアの地図》の効力を試すのにはうってつけ、ということになる。

その結果は……。

「……うむ、《行ったことのある場所がマッピングされる》というのは本当のようだね。ただ、転移魔法陣については、使わない限りは詳しくは行き先が表示されないということか」

ガルブがそう呟く。

彼女が覗く《アカシアの地図》には、《至ライナ王国辺境都市アルハザ》と《至ソーン共和国ダリスの島、商人ダリスの見捨てられた倉庫》と記載されていた。

どちらも地図上の転移魔法陣の下に記載された文字であり、これによって分かったことがいくつかある。

「転移魔法陣を使えば詳細に出口の場所が記載されるが、使っていないものについては国名と属する自治体の場所などが大雑把に記載されるに留まる、ということだな」

カピタンがそう言った。

つまり、《至ライナ王国辺境都市アルハザ》と記載してある転移魔法陣の方はまだ使っておらず、前に立っただけで、《至ソーン共和国ダリスの島、商人ダリスの見捨てられた倉庫》と記載してある転移魔法陣の方はガルブ達と使ってみて、実際に出口に一回行って戻って来たのだ。

もちろん、使う前にも地図を確認してみたが、そのときは《至ソーン共和国ダリスの島》とまでしか表示されていなかった。

使って戻って来たら、記載が増えていたのだ。

ちなみにダリスの島は風光明媚なところでした。

ソーン共和国って確か南の方にある島国だったからな。数千の島で構成された国で、海運が発達しているらしい。そのうち暇になったら海水浴でもしたいところだ。

……別に今もそこまで忙しくはないんだけどな。

やることは山積しているが、いずれも期日がはっきり決まってるわけでもないし。

もちろん、早く神銀級にはなりたいけれど、気合を入れすぎても足を掬われる。

その辺りは適度に休養を挟んだ方がいいだろう。

……怠け者か。

「そのうち全部片っ端から使って正確な出口を地図に記載しといた方がいいかな」

俺がカピタンの言葉を受けてそう言うと、ロレーヌが悩んだ顔で、

「……可能ならそうした方がいいかもしれないが……出口が安全かどうかがな」

と不安を口にする。

これにはガルブも同感のようで、

「……確かにその心配はあるね。といっても、出口側が瓦礫（がれき）に埋まっていたりする場合、転移魔法陣を発動させると岩と融合する、なんてことは起こらないらしいからそこまで心配せずともいいとは思う。ただ、それでもいきなりどっかの国の玉座の間に転移する、くらいのことはありうると思っておいた方が良い」

と、恐ろしいことを言う。岩と融合しない、壁の中に転移しない、というのは安心材料だが、玉座の間に転移というのは……。

ロレーヌがガルブに続けて言う。

「なんとなく分かるだろう？　ハトハラーへのものや、王都ヴィステルヤへのものは古いといっても数百年で済んでいるが、他のものは……ここの古代都市と同じくらいに古いものである場合も少なからずあるだろう。むしろ、大半がそうなのではないか？　となると……転移魔法陣があるとは知らずにその上に建物を建てたりしている場合もあるだろう。転移魔法陣は知っての通り、壊れない。正確には壊れても復元される、だが……一応色々と実験がされていてな。塞がれた場合に転移魔法陣を発動すると、出口側の出現位置が縦移動することがあることは分かっている」

「ん？　それはどういうことだ？」

ロレーヌの言葉に首を傾げると、ロレーヌは説明する。

「分かりやすく言うと……出口側の転移魔法陣が床に書いてあったとする。その床の上に、転移魔法陣を覆う形で石畳を敷いたとする。この状態で入り口側の転移魔法陣を使うと、さて、どうなる？」

「……どうもならないんじゃないか？　転移魔法陣は壊れないんだし……そのまま床の上にあり続ける。結果、転移出来ない……」

「確かに、理屈の上ではそうなりそうに思える……この場合、完全に転移魔法陣は塞がれているわけだものな。しかし、こういう場合、実際には転移魔法陣は面白い挙動を見せる」

「それは？」

「積まれた石畳の上に移動してしまうのだ。勝手にな」

「……それは……」

便利だなぁ、と思ったけれども、俺たちの置かれている立場からすると怖いかもしれない。それはあれだろ。転移魔法陣の上に建物が立っていたら、その建物のどこかに転移する可能性があるということだろう。

つまり、ガルブの言う玉座の間にいきなり転移、とはそういうことなのだ。

しかも、出口側の転移魔法陣は塞がれている。したがって……戻って来られないかもしれない。

ガルブが付け加えるように言う。

「そういう場合もあるだろうし……それに古い砦や城を修復して使っていることも少なくないからね。貴族の城の来歴なんかたまに聞くと、嘘吐くんじゃないってくらい古代の歴史から始めることもある。もちろん、そのほとんどは箔をつけるための見せかけの歴史だろうが、その全てが嘘ということもあるまい。いくつかは事実だろう……そういう建物に、転移魔法陣が普通に残っていることもなくはないと私は思うね。なにせ、ハトハラーのあの砦にあったんだ。ああいう砦や城が他にあって、普通にそれと知らず使われていてもおかしくはない。稼働しない転移魔法陣なんて絨毯で埋められてそのままってこともあるだろう。となると……というわけさ」

「絨毯が敷かれている場合、絨毯の上に乗った状態で転移魔法陣は発動するのか？」

俺がふと気になった疑問を口にすると、ロレーヌが呆れ顔になる。

「お前……今聞くことがそれか？」

仕方ないじゃん。気になるんだもん。

そんな顔をしていると、ロレーヌはため息を吐きつつもちゃんと説明してくれる。

こういうところが好きだね、俺は。

「……絨毯のような布などで塞いでいる場合には、石などのかなり厚みがあるもので塞がれている場合とは違って、発動するらしい。もちろん、出口側の転移魔法陣が塞がれている場合には、絨毯の上に移動する。私はやったことがないから本当かどうかは分からないが……それが事実だとすれば、いきなり玉座の間に転移、は十分にありうる話だということになるな」

◆◇◆◇◆

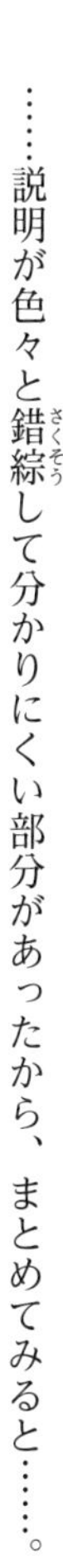

……説明が色々と錯綜して分かりにくい部分があったから、まとめてみると……。

まず、転移魔法陣の出口側が何かしらの障害物で塞がれている状態で入り口側の転移魔法陣を起動しても、使用者は障害物と融合したりぶつかったりすることはない。

ただし、転移魔法陣はその場合もしっかり起動し、そして出口側の障害物がない地点に出現する。

そしてそれは縦移動になるので、結果的に障害物の上に転移することになる。

さらに、その場合には出口側の転移魔法陣は塞がれているので、帰ってはこられない。

この部分が俺たちにとってはかなり辛いな……。

また、転移魔法陣が絨毯などの薄い布のようなもので塞がれている場合には、普通に転移出来るし、戻ってくることも可能だ。

こちらはそれほど問題なさそうだな。出口が塞がれているにしても、せいぜいそんなものであってほしい、と願うばかりである。

転移魔法陣の挙動についてはこんなところか。

まだ色々あるかもしれないが、今は問題にならないのでとりあえずはいい。

「……で、どうする？　未知の転移魔法陣を一つぐらい試してみるか？」

ロレーヌが真剣な表情で尋ねてきた。

しかしだ。

「流石に一方通行の危険があるようなところにはな……」

ロレーヌもこれには頷いて、

「そうだな……」

と残念そうに答えた。しかし、ガルブが、

「……一応、一方通行かどうか、試す方法は伝わっているよ。やったことはないけれど」

そう言ったので、俺とロレーヌは飛びつく。

「教えてくれるのか？」

「ぜひ、教えてください。ガルブ殿」

「簡単さ。その辺の石ころに血をつけて転移魔法陣の上に置けばいい。そうすれば、一方通行でなければ、数分で戻ってくる、ということだよ」

言われてみると、なるほど、分かりやすい話だ。

血がカギになっているわけだから、血のついた品を置いておけばそうなる、ということだ。

けれど、問題もありそうだ。

ロレーヌがすぐに気づいて言う。

「……その場合、それこそ出口側が玉座の間とかだったら、唐突に血のついた物体が現れることになるな。転移魔法陣の存在がばれるわけだ。今までそこにはないと思っていたそれが、確かにあって、使えるものだと……。血は少量で、見つかりにくいようにしても、本気で詳細に調べれば分かってしまうかもしれんし……リスクはあるな」

ガルブもこれに頷いて、

「そうさ。だから私たちは試していない。けれど、あんたらにはそれがある。リスクが全くないように、というのは無理かもしれないが、かなり下げることは出来るんじゃないかい？」

《アカシアの地図》を指さしてそう言った。

なるほど、確かにな。

《アカシアの地図》には不完全ながらも転移先の情報が記載されている。

なんとか王国王都、とかなんとか共和国首都、とか書いてあったらそこそこ危険だが、そうでない記載である場合にはこの方法を試してみてもいいかもしれない。

あとは……そうだな。

エーデルの手下たちを活用してもいいな。

彼らに血を一滴つけて、転移魔法陣を起動してもらうのだ。

可能なら戻ってきてもらい、それが無理そうな場合にはその体の小ささと素早さを活(い)かして逃げてもらう。

その場合、出来る限りさっさと水場に移動してもらうといいかもしれない。

そうすれば、仮に捕まっても転移魔法陣は二度と使用出来ない。

血さえなければ研究のしようもない。結果が出なければいずれ諦める。

たとえ宮廷魔術師や宮廷錬金術師でも、あまり長い間結果を出さないと首になるらしいからな。

その辺の事情は、たまに市井の者の噂話(うわさばなし)にも上る。

どこそこ王国の宮廷魔術師の方が解任されたんですって、お気の毒にってな感じでな。

世知辛い話だ。

「確かにそうだな……エーデルたちに協力してもらえば隠密(おんみつ)性も保てるかもしれないし」

するとガルブが、

「エーデル？」

「あぁ……俺の、従魔、みたいな奴だよ」

するとカピタンが、少し驚いたような声を出す。

「レント、お前、従魔師（モンスターテイマー）の技術まで身に付けたのか？」

そこまで驚きが大きくないのは、俺が村にいる間、色々やっていたことを分かっているからだろう。カピタンだって俺に技術を教え込んだうちの一人、というか筆頭なんだしな。

ただ、別に俺は従魔師（モンスターテイマー）になったわけではない。

だから首を横に振る。

「いや、そういうわけじゃないんだ」

しかし、そう答えれば当然、

「……では、どうして従魔など得られたんだ……？　あれは特殊技能では……」

そういう疑問が出てくる。

確かにそうなんだよな。

普通、従魔なんて従魔師（モンスターテイマー）に直接学ぶ以外に従え方を知る方法など中々ない。

全くないわけでもないのだが、それこそもっと特殊な場合だ。

俺の場合もその特殊な場合に入るといえば入るが……どう説明したもんかな。

この二人には正直に言ってもいい気はするが……。

そう思って悩んでいると、ガルブが敏感に察したのか、

「……ふむ。そいつがあんたの抱えている《秘密》ってわけかい？」

と尋ねてきた。

これについては別に誤魔化す必要はないだろう。

というか、ガルブに誤魔化しても見抜かれるし、それなら初めから正直にしておいた方がいい。

「ああ。その一部、かな……秘密の内容については、二人に話すかどうか悩んでるんだが……」

「それはなぜだ？」

カピタンがそう尋ねてくる。

「教えること自体は別にいいんだ。二人は俺の秘密をきっと守ってくれるだろう。そのことに疑いはない……だけど、村のことがあるからな。ハトハラーを普通の村にしたいって言ってただろ？二人とも、この話を聞いたらまた妙なことに巻き込まれて、困るんじゃないかって……」

ガルブもカピタンも、ハトハラーを大きな秘密を抱えた特殊な村から、普通の村にしたい、と言っていた。

それはつまり、二人ともこれ以上秘密なんて抱えるのに疲れたということではないだろうか。

常人と比べて、相当に大きな度量を持っていることは知っているが、どんなに凄い人でも人間である。疲れた、と思うことはあるだろう。

そして二人とも今までそれだけのものを背負ってきたのだ。

ここで更に荷物を背負わせるのはどうなんだろう、と思ってしまう。

親のいなくなった俺の、親代わり、家族みたいな人たちでもあるわけで、どうしても躊躇がある。

オーグリー？

あいつは面白いことには首を突っ込みたがるタイプだからいいんだ。

なんて、言ってみたが、正直、よく知る友人の支えが欲しかったというのが真実だ。

ロレーヌもシェイラもいるし、信用しているが、オーグリーはまた彼女たち二人とは違った意味で深い友達なのだ。辛い銅級を一緒に頑張っていたという、ある意味で戦友のような。

だから巻き込んでもいい、というわけではないだろうが、少しだけ、一緒に背負ってほしかったというか……。

ガルブとカピタンは、そういう意味で、オーグリーとは少し異なる。

背負わせてしまいたくない、と俺は思うわけだ。

「何を言うかと思えば、そんなことかい」
ガルブが俺の言葉にため息を吐きながら言った言葉がそれだった。
ガルブは続ける。
「レント、あんたは私らの弟子だ。弟子が背負っているものくらい、師匠である私たちが背負えなくてどうすんだい。ねぇ、カピタン？」

話を振られたカピタンも、ガルブと同様の気持ちのようで、

「全くだな。大体、どんな秘密を抱えているか知らないが……お前のことだ。何かやばいことをした、というよりかは何かに巻き込まれた、とかそういう話だろう。流石に大罪を犯した、という話だったら自首を勧めるだろうが……違うよな？」

最後の方は、ほとんど冗談めかした口調だった。そういうことを俺がしない、と理解した上で信じてもくれているという意思表示に他ならなかった。

世に戦乱の絶えないご時世である。絶対にそういうことがありえないとは言えないだろうが、それでも俺は最後の選択を誤らないと思ってくれているのだ。

ありがたい話だった。

ロレーヌもそう思ったのか、俺の肩をぽん、と叩いて、

「良い師匠方に恵まれたな。私の師とは大違いだ……」

と、意味ありげな台詞を口にしたが、そこは突っ込まないでおこう。

何せ、思い出すにロレーヌの師匠ってあれだろ。

短杖の製作のときに短杖をぶん投げられた人だろ？

可哀想……。

それを考えると確かに俺は師匠に恵まれている。

ガルブには毒を飲ませられたし、カピタンには誰もいない野山に放り出されて生き残れ、と言われたこともあるけれど。……恵まれているよな？

まぁ、ガルブは絶対に死なないよう、かつ後遺症も絶対に残らないよう、細心の注意を払って行ったというし、カピタンにしても当時の俺にはまるで気づけなかっただけで、夜通し見守っていてくれたらしいから、やっぱり恵まれているのだろうな。

「もちろん、罪なんて犯してはいないさ。ただ、罪とされる場合もありそうだけど……」

吸血鬼（ヴァンパイア）であることそれ自体が罪だと言われると俺は罪人だろう。

ニヴからすれば鬼・即・斬だ。

まっさらな雪の平原を見つけた子猫よりも凄い勢いでこっちに向かってダイブしてくるだろう。

絶対に勘弁願いたい。

まず猫のように可愛（かわい）くない。見た目は整ってはいるのだが……目の輝きとかがな。

肉食獣のように爛々（らんらん）とし過ぎ。猫も肉食かも知れないが、可愛さのレベルが違う。

……怒られそうだから、この辺にしておこう。

「罪とされる場合がある？　それは一体……」

カピタンが俺の言葉に首を傾げる。

かたやガルブは、おぼろげながらに、理解しつつある輝きを瞳の奥に宿しかけている。

まさかこれだけの情報で分かるのか？

この婆（ばあ）さんヤバすぎないか……と思うが、思った途端に睨（にら）まれた。

勘がね、この人は鋭すぎるんだよ。

もう少し鈍くなってくれ。無理か。

ガルブは首を捻りきりなカピタンとは異なり、なるほど、といった様子で言う。

「カピタン、私にはなんとなく分かったよ。しかし、それは信じがたい話でもある……もしそうだとすれば、レント。あんたは……相当苦労してきただろう。それなのに、一見、以前と変わらない様子なのは、あんたの努力か、それとも周りにいる人たちのお陰か……大変な幸運だ」

……ダメだな。これは分かっている。

「ガルブの婆さん、あんただけ分かったように言うなよ。俺には全く分からんぞ……なぜ、たったこれだけの情報で分かるんだ」

カピタンは肩を竦めつつ、ガルブに文句を言う。

「そりゃ、年の功ってやつじゃないかい？」

「あんたな……」

冗談めかした口調のガルブに、さらに口を尖らせたカピタンである。

村一番の狩人も、この婆さんの前では子供のようなものだという証明だった。

とはいえ、ガルブも別に誤魔化すつもりで言ったわけではないようだ。

少し考えてから、

「……あんたならレントの身に起こったことを恐れずに、素直に受け入れられるだろうが……あんたは理屈どうこうよりも体で理解した方が早いだろう。カピタン、あんた、レントと戦ってみるといい。それで感じるんだ。レントが、どう変わったかを」

「何を……言ってるんだ？　レントが変わった……強くなったというのは分かっているが……」

「そうじゃないさ。ねぇ、レント。あんた、以前とは根本的に違うだろ？」

ガルブがそう言って俺に話を振る。

……確かに、それはそうだな。戦い方の基礎は銅級冒険者時代に身に付けたものではあるが、この体になって色々出来ることが増えた。

たとえば、肩の関節を気にしないで剣を振れる。

どういうことかといえば、肩をあらゆる角度でずっとぐるぐる回し続けられるのだ。

可動域が三百六十度になったというわけだな。

首もそうだし、足も。

およそ関節という関節が人間だったときと比べるともう化け物のようになっている。

まさに化け物なのだから当然といえば当然なのだけど。

ただ、それでも俺は滅多にそういう戦い方はしない。

なにせ、身に付けた武術は全部人間用のそれだ。

人間の関節の可動域を基礎に組み上げられているもので、そこから外れた行動をすることは、もう新たな武術の創造に近い。

俺にはそこまでのことが出来るとは……。

よっぽどの危機に陥ったらやるだろうけどな。

たまに練習もしている。

そういうのを見せてみればいいかな？

気持ち悪い、とか言われたらやだなぁ。

だって俺ですら自分で自分を鏡で見ると未だにまぁまぁ気持ち悪いからな。

副産物かどうか、肩こりはなくなりました。

「確かに違うけど、カピタンにそれが引き出せるかどうかは分からないな。タラスクを相手にしても、そこまでのことはしなかったくらいだし」

せいぜい、体が前より相当丈夫になっていることを見せられるくらいか。

傷が出来ればすぐに治るのも見せられる。

それ以上は、カピタンの力次第だが……本当に俺の本気を引き出せないとか思っているわけではない。なんというか、試合をすることはもう約束しているのだし、ちょうどいいかなと思って煽ってるだけだ。

カピタンは俺よりも脳筋寄りだからな。

ガルブもそれが分かっていて言っている節がある。

弟子とか部下の前では頑張ってある程度インテリぶってるけど、限界がある。

カピタンは案の定、俺の言葉に乗り、

「……いいだろう。そこまで言うのなら、戦おうじゃないか。泣いて謝るなら今の内だぞ?」

よし、戦おう。

とは言ったものの、今日この場で今すぐに、ということにはならなかった。

というのは、もう今日は色々やりすぎて疲労困憊だったからだ。

体力的にも精神的にも、これ以上何かする気は起きない。

それに加えてカピタンには家族がいる。

今ですら外では夜の帳が下りているだろうに、これ以上遅くなったら妻から怒られる、ということだった。

彼ほどの勇士であっても妻は恐るべき相手というわけだ。

まぁ、大体、狩人のおっさんたちは昔から恐妻家が多かったよな……。危険に常に晒される職業の人間の妻は、そういう人物でなければ務まらない、ということなのかもしれなかった。

冒険者もそうなのだろうか？

こんど冒険者組合長のウルフにでも聞いてみよう。

苦い顔で頷きそうだが。

「勝算はあるのか？」

ロレーヌがそう尋ねた。

「どうかな……」

今俺たちがいる場所は、ハトハラーの村長宅、つまり、俺の実家である。

俺たちはあの迷宮から帰ってきたのだ。

俺たちの不在については、ガルブとカピタンが事前に説明していたらしく、用事があって森の奥に行っていた、と皆、説明を受けていたようだ。

俺の義父、村長であるインゴだけは俺たちの顔を見るや否や、

「……知ったのか？」

と尋ねてきたので頷くと、

「……そうか。任せたぞ。と言っても、我々も全く関わらないつもりもないが……自由に使え。お前の職業にとっては得難い財産になるだろう」

単純に管理を任せたというよりかは、義父からしてみるとプレゼントのような意図もあったのかもしれない。

確かに、あれがあれば冒険者稼業はもっと幅を広げられるだろう。

気をつけて使わなければ色々と問題が生じるのは間違いないから、そこのところはよく考えなければならないけどな。

可能なら全世界に向けて公開したいくらいの財産なのだが、そうすれば俺は冒険者として間違いなく名を挙げられるけれども、平穏は一切なくなるだろう。

転移魔法陣のカギを擁するヤーランはただの田舎国家から狙うべき羊へと姿を変える。

帝国が嬉々として襲い掛かってくる未来が目に見える。

そうしたくはないので、やはり公開は出来ない。

いつの日か、公開出来る日が来るのか……。俺がいつかそれに着手するとしても、その場合はハトハラーの転移魔法陣は破壊しておくべきだろうな。

そうすれば、帝国国内にあるあの《善王フェルトの地下都市》だけが問題になるだけで済む。

ハトハラーの人々がカギだ、なんて事実も知られずに済むだろう。

俺の血を固めて加工して本当に鍵っぽい何かを作って丸投げ、という方法もあるな。

まぁ、それをすれば帝国が本当に全世界を征服しかねないが。

固めたらカギとして機能するかどうかは謎だ。固めないでも、ラウラにもらった容器に俺の血を詰め込んでおけばカギとして機能させられるだろうが……。

ロレーヌに渡しておいた方がいいのかな……。

血が固体か液体かで、転移出来るか出来ないかに分かれるのかについては、そのうち実験するべきだろう。

今のところ、俺たち二人しか使わないので問題にはならないだろうが、いつかのために。

「やはり、カピタン殿は強いのか？　お前の師匠だとは聞いて知っているし、お前が尊敬していることも分かっているが……実際にどれくらい強いのかはな。あの砦へ行く途中の戦闘くらいしか見ていない私にははっきりとは分からん」

北の森を突っ切るとき、魔物の大半はガルブとカピタンが倒したわけで、その様は俺もロレーヌも見ていた。

ただ、その様子はそこまで本気、という感じでもなかった。まだまだ余裕があったんだよな。

ハトハラー周辺に出現する魔物については、カピタンは知り尽くしているし、そりゃ、簡単に倒せるだろう。

動きも癖も分かっているから、本気など出すまでもない。

そもそも、北の森に出現する魔物が強いとはいっても、伝説的な魔物が出現するわけでもない。

ベテラン冒険者なら十分に対処出来るレベルで、カピタンは実際にどこかで冒険者としても活動しているのだ。倒せて当然である。

実際に人と相対した場合にどれくらい強いのかは、そんな魔物との戦いで分かるはずもない。

少なくとも、おおよそ同等の実力を備えた相手と立ち会わなければ、その底を見ることは難しい。

達人になればなるほどだ。

その点、カピタンは……間違いなく達人だからな。

しかも主な武器は剣鉈（けんなた）だ。

ちょっと一般的な相手とは勝手が違う。

俺も昔習ったし、鍛錬は続けてはいるが、間合いの感覚が片手剣や槍（やり）なんかと比べて取りにくいのだ。剣鉈だけで攻撃してくるというより、近付いてきて拳や柔術などによる接近戦を仕掛けたりもしてくる。

狩人であるため、主に人間用ではなく、人型の魔物用だが、人間相手にも十分に活用出来る技だと言っていた。

しかし、今にして考えると……昔から連綿と受け継がれている技だ。

古王国の武術を引き継いでいる部分が多い、ということだろう。

総じて、あの人はやりにくいのだ。

「強いさ。当時の俺が絶対に敵わないと思っていた相手だからな。もちろん、いつかは勝ってやるとは思っていたけど……今から震えてくるな」

「何だ、怖気づいているのか？」

「そうじゃない。武者震いさ。今の俺がどこまでやれるかが、楽しみなんだ……」

とは言ってみたものの、やっぱり多少怖いというのもある。

ただ怖いというよりは、がっかりされないかと思って。

ガルブが意味ありげにカピタンに色々言うから、あんまり情けない戦い方が出来なくなってしまった。

全てを出しきるつもりで挑まなければならない。

気も、魔力も、聖気も、全てだ。

魔物としての身体能力も十二分に使おう。

その上でもし勝てなかったら……ま、そのときはそのときだ。

別にそれで世界が終わるわけでもなし、俺の夢も続く。

俺のやりたいことは、あくまでも神銀級冒険者になることなんだからな。

「……ふむ。ま、そういうことならいいだろう。明日早くにやるんだろう？　村人たちに見せないために」

「ああ。ガルブが気を遣ってくれてな……」

誰かに見られていては俺が本気を出せないことを分かってそうしてくれたのだろう。

戦う場所も、北の森のあの砦周辺だ。

あの辺りなら、まかり間違って村人が、なんてこともまず起きない。

「では、今日はさっさと寝るとするか……お休み、レント」

「ああ、お休み」

ロレーヌが部屋を出ていき、彼女に与えられている部屋に行ったので、俺も自室のベッドに横になる。

あまり眠くはないが……ま、今日くらいは寝ておこう。

「さて、と。この辺りでいいか？」

さくさくとハトハラーから北の森に入り、だいぶ歩いてきて足を止めたカピタンがそう言ったのは、もうそろそろ昨日やってきた砦に辿（たど）り着くかな、というくらいの場所だった。

とはいえ、完全な森の中、というわけではない。

広場と言っていいくらいには開けていて、今日、森に来た目的を考えるとちょうどいい空間がそこにはあった。

つまりは、試合だ。

俺と、カピタンの。

もちろん、殺し合いをするわけではない。

真剣を使った、危険のある試合だが、致命傷になる前にやめるのだ。

もしもの場合が絶対にない、とは言わないが、かなり可能性は低い。

俺は普通の致命傷を負ったところで死なないし、カピタンはそれくらい避ける技術がある。

仮に重傷を負っても、俺の聖気によって傷の治癒は可能だ。

どこまで治せるか、限界は分からないが、即死しなければ全力で治癒すれば命を取り留めるくらいのことは今なら出来る、と思う。

……まぁ、カピタンと戦って、どれだけ余力が残るのかという気もするが……。

「ああ、そうだな。しかし、森の中か……俺より随分とカピタンに有利な気がするぞ」

俺がそう言うと、カピタンは笑って、

「そりゃ、どうしようもないだろ。そもそも、お前だって狩人の修行はしたんだ。冒険者としても森には何度となく潜ってるだろう？　そこまで有利不利はないと思うぞ」

確かに正論だ。

正論なのだが……やっぱり俺の方が不利だろう。

この人はこのハトハラーの北の森を知り尽くしている。

地の利は完全に向こうにある。

とはいえ、俺は俺で色々と隠し玉がある。

それを考えると事前の手持ちの札はお互い同じくらい、というところだろう。

いかにカピタンが達人だとはいっても、俺が関節ぐにゃぐにゃの軟体動物的な存在だとは想像していまい。

そこに勝機が……あるかな？

あったらいいなぁ……いやいや、弱気になってはいけないぞ、レントよ。

と、自分で自分を励ましつつ、とりあえず何気ない風を装って周りを観察する。

何の変哲もない森だ。

ハトハラー周辺の浅い森と比べると、木々の大きさや生え方が異なるが、誤差の範囲だろう。

「修行したと言ってもな……数十年となく森で生きてきたあんたが相手となると……昔だって一度も勝てたことないじゃないか」

俺はカピタンが適度に油断をしてくれないかな、と考えてそう言ってみる。

「それは油断でも誘ってるのか？　何かあるんだろ？　以前のお前と同じとは思わないぜ」

舐（な）めてくれれば色々と隙が生まれるかと思ったのだが、その期待はしない方がよさそうだ。

卑怯（ひきょう）だって？

勝てばいいんだ。

というのは言い過ぎかもしれないが、負けるよりかはずっといい。

油断を誘えるなら誘っておく、隙が見えたならそこを叩く。

そう教わってきた。

誰にって、そりゃ、カピタンにだ。

つまり、俺のやり方なんて御見通し、というわけだな。くそ。

仕方がない。

今日は正々堂々頑張るしかない……。

「じゃ、そろそろいいかい？　審判は私が……と言いたいところだが、このところ老眼が辛くてね。はっきり見えるかどうか分からないから、ロレーヌに任せることにする。いいかい？」

目をしょぼしょぼ擦りながらガルブがそう言った。

俺とカピタンは、あんたのどこが老眼なんだろうか、という顔でガルブを見たが、睨み返されたので二人揃って目を逸らす。

ここに来る途中だって、相当遠くに見える鳥を指しながらその種類と色合いと素材の用途をロレーヌに説明してたくらいなのに。

あれで老眼などと言ったら本物の老眼の方に失礼である。

しかし面と向かってそう言う度胸は俺にもカピタンにもなかった。

「俺の方は構わん。レント、お前もいいよな？　お前に有利になるかもしれないし」

カピタンがそう言ったので、俺は頷く。

「ロレーヌは別に俺に肩入れして不公平な審判をしたりなんてしないぞ。《結果》に対してシビアなんだよな……」

それはおそらく職業柄だろう。

学者であるから、そこを緩く見ることはない。それがどんなものだってだ。

ロレーヌが俺に肩入れするとしたら、結果は結果として受け入れた上で、ただその心情だけは、ということになるだろう。

俺が魔物であることも別に否定せずに、その上で受け入れてくれたのだから。

そういう人間である、ロレーヌは。

「それを聞いて安心したな。じゃあ、遠慮なくやらせてもらうが……いいよな?」

カピタンはなぜかその質問を俺ではなくロレーヌにする。

「全く構いません」

ロレーヌは一言、そう答える。

これにカピタンは不思議そうな顔で、

「迷いがないな……レントが必ず勝つとでも信じているのか?」

しかしロレーヌは首を振って、

「いえ、そうではなく……勝っても負けても、私にとってレントの価値は変わらないので……」

と少し控えめに言った。

カピタンはそれを聞いて笑い、

「なるほど、熱いな。カミさんと出会った頃を思い出すぜ……」

などと言い始めたので、俺は、

「おい、何の話を始めてるんだ。やるぞ」

「お前、せっかく人が良い思い出に浸ってるときにそりゃねぇだろ……」

「あんたと奥さんの出会いの話は昔から百回は聞いてるよ……まったく」

「お？　そうだったか？」

普段は割と冷静だし、狩りのときは頼れる上司感を出してくれるカピタンだが、酒が入ると徹底的にダメだ。延々とその話をする。

最近だと奥さんのことよりも子供の話にシフトしてきているらしいが……。

確かにこないだの宴(うたげ)のときはまさにそうだったな。

俺はたまに帰ってきたときに聞くだけで済んでいるが、カピタンの部下たちは大変だろうなと同情してしまう。

そんなことはどうでもいいか。

カピタンもそう思ったのか、

「……ま、じゃあ始めるか。構えろ、レント。すぐにやられたりするなよ？」

そう言って、腰から剣鉈を引き抜き、構える。

逆手に持っているな……。

順手で持つこともあるし、どちらでも自由に使える人だ。

そんな彼に戦いの基礎を叩き込まれたとはいえ、それも昔の話である。

あれから全くカピタンの戦い方が変わっていない、とは思えない。

動きをよく注視して戦わなければ。

そう思いながら俺は、カピタンに言う。

「それはこっちの台詞だ。行くぞ！」

俺は叫び、先手を打つべく飛び掛かろうとした。

しかしだ。

気づいたときにはそれよりも早く、カピタンが目の前に迫っていた。

剣鉈ではなく、拳が高速度で向かってくるのが見える。

だが、別にそれは殴りかかろうとしているわけではない。

俺はなぜか確信していた。来るのは剣鉈の斬撃だと。

ただ、それが分かったからといって必ずしも有利にはならない。

なにせ、カピタンは剣鉈を逆手に持っているため、間合いがとてつもなく摑(つか)みにくいのだ。

俺の体、特に目と完全に垂直になるような形でカピタンの手に把持された剣鉈は、その存在すら事前に知っていなければ分からないほど巧妙に隠されている。

流石、人型の魔物を相手に磨いた技術なだけはある。

人型の魔物たち、彼らは見た目のみならず、視角もまた人間に近似している。

俺を見れば分かるだろう。

カピタンのそれは、その目に武器の姿や間合いが映らないように努力を積み重ね、身に付けた技法なのだろう。

もちろん、生半可な修練で出来るものではない。相手の動きや視線が意識的無意識的を問わず向かう向きを察知し、即応することが求められるからだ。

ただ、それでもカピタンの剣鉈の位置、そしてその動きは俺の目には見えていた。

別に俺が特別優れているとか才能があるというわけではない。

単純に吸血鬼（ヴァンパイア）という、生物として優れた身体能力を持つが故に生まれた有利だ。

流石は吸血鬼（ヴァンパイア）の瞳である。

……だが、それでもカピタンの攻撃に反応出来るかどうかはまた別の話なわけで……。

「うおっと！」

ついに届いたその一撃、がきぃん、という音と共に、カピタンの剣鉈を俺は片手剣で弾（はじ）くことになんとか成功する。

十分に見えていて、視認出来ていたはずなのに、かなりギリギリだった。

その原因は、彼の動きの読みにくさ、そして間合いの取りづらさや、俺の癖を知り尽くしているが故の無意識を突いた攻撃にあるだろう。

本当に心底相性の悪い相手だな、と深く思う。

しかし、それでも俺は確かにカピタンの一撃を防いだ。

これで速攻は悪手である、と考えて一旦距離をとってくれるなら万々歳なのだが……もちろん、そんなわけがなかった。

カピタンはむしろそんな俺の気持ちを読み取ったかのように押し込んできたのだ。

剣と拳と、どちらの圧力も感じたが、とにかくまずは剣を防がなければならない。

拳ならば顔を砕かれるくらいで済むだろうが、剣鉈だと肉をえぐられるからな。

寸止め？　期待出来ないな……この状態だと。

カピタンは本気だ。

俺はそんな事態を防ぐために、剣鉈に添わせるように片手剣を動かす。

そうすると、鼻先三寸のところでカピタンの拳が止まった。

見れば、カピタンの手に把持された剣鉈は俺の片手剣にひっかかったかのように停止している。

あと一瞬、止めるのが遅ければその剣鉈、もしくは拳が俺の体に命中して大きな被害を生み出していただろう。

拳と剣鉈と、二段構えの攻撃だ。

確かにやろうと思えば出来ることだろうが、カピタンの恐ろしいところはこれを俺の近くに接近するところまで含めてほんの数秒もかからずにやりきっているところだろう。

しかも、カピタンの猛攻は当然のようにそれだけでは終わらない。

「……ふっ！」

と、軽く笑ってカピタンは地面を蹴り、俺のちょうど斜め上の方に飛び上がったのだ。

これは、良い手ではないのではないか、と俺はその瞬間思う。

何せ、こういった近接戦闘において体を浮かせてしまうというのは、自分の挙動が制御出来なくなる危険を常に孕んでいるからな。

今ならいけるんじゃないか……そう思った俺は即座にカピタンの方を向き、片手剣をその体の最も的が大きく外しにくいところ、つまり腹部に直線的に刺し込んだ。

だが……。

「なっ……!?」

俺の片手剣がカピタンの腹に突き刺さる直前、空中に浮かんでいたはずのカピタンの体はそれを避けるように不自然に地面と平行に移動したのだ。

当然、俺の片手剣は空振りに終わり、何もない空間を切り裂いただけで終わった。

何が起こったのかと目を細めてみれば、カピタンの移動した方向にきらりと光るものが見える。

あれは……おそらくは糸か何かだろう。

確か、カピタンはその職業柄、道具の修復や獲物を吊るすときなどに使う、魔物の素材を素にした丈夫な糸を持っていた記憶がある。

それを使ったという可能性が高そうだ。

なるほど、あれなら人の体重を乗せて引いても切れない……。

しかしあんな使い方は今まで見たことがなかった。

俺の気づかない内に張っていた手腕も見事である。

周りを見ても異常なんてなかったような気がしてたが、この様子だとそこら中に罠もありそうな気がしてきた。

勝てばいい、と教えた張本人が、本当に勝ちに来ている感じである。

弟子なんだから手加減しろよ、

「この……!!」

と俺は自分の思いの丈を、最後の方だけ口に出して、移動したカピタンを追う。

手加減なしの、思い切った踏み切りだった。

魔物の身体能力と気の力を使った踏み切りは、俺の体を一瞬にしてカピタンの目前へと導く。

ちょうど、横並びになった格好だ。

横から見たカピタンの顔は若干驚いていたが、しかし同時に少し笑みも浮かんでいる。

……面白い。

とでも言いたげな様子だ。

少しは初めに食らわせられた攻撃の衝撃に対する意趣返しが出来たかも、と思ったが気のせいだった。

俺がこれくらいのことをしてくるのは、カピタンにとって想定内だったのかもしれない。

昔はこんなことは当然逆立ちしても出来なかったし、その時代をカピタンはよく知ってるはずなのだが……。

俺のことをかなり高く見ているのか。

嬉しいような困ったような。

でも、だからといって諦めるつもりも意味もない。

真剣勝負の様相を呈してきているが、これは模擬戦だ。

負けても命を落とすわけではない。

勝負を下りる理由はないのだ。

俺は追いついたカピタンに向かって剣を振るう。

いかにカピタンとはいえ、糸による空中挙動中なのだ。

今からどうにか出来るはずがない、と思ってのことだった。

それなのに、この男はそんな予想を軽々と超えてくる。

俺の剣がカピタンの体に命中する、そう思った瞬間、《気》の力が彼の体、その表面に凝縮されているのを感じた。

そして、俺の剣がそこに触れると、

——キィン！

と、人の体が武器に当てられたときにはありえない音が鳴り響いたのだった。

何だあれは……。

俺はカピタンの体を見てそう思った。

俺の剣は確かにカピタンの体に命中したはずなのに、そこは一切の傷がついていないのだから当然だ。

カピタンは狩人であり、一般的な成人男性と比べてもかなり鍛えているのは間違いないが、それでも強く振った剣の一撃を生身の肉体で受ければ当然何らかの傷がつかなければおかしい。

それなのに、である。

彼は今、無傷なのだ。

ただ、全く何も分からないというわけでもない。

俺は、剣がカピタンに触れる直前、その体の表面に《気》が凝縮しているのを感じていたからだ。

おそらく、それによって防御力が極端に上昇した……ということなのだろうが、それにしてもあれほどのことが可能なのだろうか?

《気》については、正直俺も分からないことが多い。

基本的には体力の活性化、身体能力の強化、自然治癒力の上昇……そういった効果を持つ力であることはもちろん知っているし、そのように俺も使っている。

しかしだ。

その強化の力でもって、生身の肉体で剣を弾くほどのことは……。

出来るとは思えなかった。

けれど、実際にカピタンはそれをやっている。

一体どうやって……。

今、直接カピタンにそれについて説明を求めたいところだが、まだ戦闘は継続している。

武器を弾いたことで、俺の剣の攻撃力では彼の防御を破れないと考えたのか、姿勢が先ほどより攻めの方へとシフトしている。

剣鉈と、拳、それに蹴りなどが回転しながら次々と繰り出され、俺を後退させていく。

ジリ貧……というわけでもないが、このまま押し込まれるのもよろしくない。

反撃しなければ。

先ほどの俺の攻撃はカピタンには通用しなかったが、別にもう何もとるべき方法がなくなってしまった、というわけではもちろんない。

おそらくは、相性が悪かったのだ。

俺は普段、使い勝手の良さから魔力を剣に込めて敵を斬り付けることが多い。

それは、魔力強化した剣は単純に切れ味が上昇するからだ。

これが気だと少し制御を間違えると相手を爆散させたりするし、聖気は強力だがそもそも絶対量が少ないのでどうしても温存気味になる。

つまり、先ほどカピタンに防がれたのは、魔力を込めた剣撃、ということになる。

それなら他の力はどうか……。

俺はとりあえず、剣に込める力を気に切り替える。

初めのうちは多少手間取っていた切り替えだが、最近はもう完全に慣れて、ほとんど一瞬で出来るようになっている。

「……むっ!?」

カピタンの方も、俺の剣の感触が変わったことに気づいたらしい。

魔力の籠もった剣と気の籠もったそれとでは出来ることが異なるだけあって、剣を合わせた方にも違和感がある。

今、俺が剣を合わせているカピタンの剣鉈には当然のように気が纏われているが、冒険者たちはその多くが魔力を使っている。

力の大きさは異なるが、比べるとそもそも触れた感触からして違う。

魔力の籠もった剣に剣を合わせようとすると吸い寄せられるような引力を感じるのだが、気は反対で弾き返される斥力があるような感触なのだ。

どちらがいいのかは人に拠るだろうが、その感覚を知っていなければ突然、魔力から気に切り替わったとき、間違いなく面食らうだろう。

けれど、カピタンは驚くほど自然にその状態に対応している。

普通ならもっと狼狽えてもいいはずなんだが……流石と言うべきか。

とはいえ、別に魔力から気に切り替えて、そのことをもってカピタンをまごつかせたかったわけではない。そうなればいいなとは思っていたが、それはあくまでおまけに過ぎないのだ。

重要なのは、この気の力で、カピタンの体に傷がつくかどうかを試すことにある。

「うおぉぉぉ!!」

俺の剣に応じつつも、僅かにテンポがずれたカピタンの身のこなしを隙と見て、俺は飛び掛かった。

剣を振りかぶっていては対応されてしまうだろうと、出来るだけ予備動作を減らした突きを繰り出す。

それでもカピタンはそう来たか、とでも言いたげな余裕顔で俺の剣の前に自らの剣鉈の平を向けることで、俺の突きをガードした。

こうなるかもなとは思っていた。

なにせ、相手はカピタンだ。

俺が気の技術を学び、戦いの基礎を学んだ師匠。

これくらいのことは予想の内……でも、俺はここからの手を考えていた。

俺は背中に気の力を、思い切り込めた。

すると、

「お、おぉぉぉぉぉ!?」

ギリギリと、俺の剣をガードしたはずのカピタンの表情に焦りが生まれる。

抑えきれないのだ。

俺の腕力と、気の圧力、そして俺の背中から発せられる通常の人間にはありえない推進力が合わさった力は、流石のカピタンといえども……。

「……くっ!?」

そして、耐えきれなくなったカピタンは、俺と共に後方へと吹き飛ぶ。

そのまま森の中にある木の一本に背中から叩きつけられ、ごごぉん！　という巨大な音と共に、その木は折れた。

土埃（つちぼこり）が立ち、視界が悪くなる。

が、俺の目にはしっかりとカピタンの位置が見えている。

単純な視覚でなら見えなかっただろうが、俺の目は特別製だ。

暗闇だろうが砂埃だろうが、生き物の位置は明確に分かる。

これは個人技能だ。

卑怯とは言わないだろうと、俺はカピタンに向かって剣を振りかぶり、そして振り下ろした。

けれど、ごろん、と、カピタンは地面を転げ、俺の斬撃を避ける。

「……なんておっさんだ！　どうして分かった？」

俺が土煙の中でそう言えば、カピタンは、

「空気が動いている……そこからお前の位置を逆算した」

と、確かに俺の方を見て、答えた。

本当にこの土埃の中、しっかりと俺の位置を把握しているようで、この男には弱点はないのかと思ってしまう。

しかし、そんなカピタンでも、たった今、俺にされたことは驚きに値する出来事だったらしい。

「お前の方こそ……今のは、何だ!? 唐突に力が増したぞ。踏み切りでも剣の力でもない……ただ、まるでお前を後ろから百人の男が押しているかのような衝撃が俺に襲って来た……あんなことは、ありえん……！」

どうやら、少しは驚かせられたようだ、と俺は嬉しくなる。

ハトハラーに帰ってきて以来、俺はずっとガルブとカピタンに驚かされっぱなしだったからな。

一つくらいは二人を見返してやりたいと思っていたのだ……おっと、土埃が晴れてきたな。

カピタンが俺を見つめている。

そして、その視線はすぐに俺の背中に移った。

「……お前、それは……!? それが理由か!?」

そこには紛れもなく、俺の特殊装備・羽があった。

羽だよな？

翼かな。どっちでもいいか。

ちなみに、羽は服を突き破ってはいなかったりする。
ではどうなっているのかといえば、便利にちょうどいい穴が開いていていて、そこから出ている状態

だ。

以前試したときに、自動的に羽が出るくらいの穴が開いたのだ。

そして、しまったら穴はすぐに塞がった。

このローブ、なんか機能が多いんだよな……ありがたいけど、《アカシアの地図》のことを考えると色々とありそうではある。魔法耐性が高すぎて調べても分かることは限られているが……これも鑑定神の神殿で聞くしかないだろう。

まぁ、今のところ何も害がないからいいんだけどな。

ローブの下の服には自分で穴を開けているんだけど。

少しスースーするが、防寒性とかはローブで問題ない。

ともかく、俺はカピタンに答える。

「……どうかな？　そっちだってさっきのやつの仕組み、今答える気はないんだろう？」

あの、おそらくは気による防御についてである。

あの技法は身に付けたいな。切り札が増える。

「後で教えてやるさ……お前もってわけだ」

「そういうことだな……」

言いながら、俺はカピタンに襲い掛かった。

土埃は大分晴れ、視界はもうほぼ完ぺきだ。

俺の場合は土埃があろうとなかろうとカピタンはよく見えていたわけだが、カピタンも俺が見えるようになってその挙動は正確さを増している。

……まぁ、視界を塞ぐのは何の意味もなかった、というわけではなかったようだな。

それでも避けられまくっているのだけど。

今も……ただ、突いたり切ったりしているだけでは一撃を掠らせることすら難しそうだ。

出し惜しみはもう出来ない。

こうなれば、色々試すしかないだろう。

まずは……聖気だ。

「……っ!?」

単純な出力の高さで言えば、聖気が一番である。

急に俺の攻撃が重くなったことに気づいたらしいカピタンの顔からは、余裕が消え始める。

あまりにも守りが固いのでこのまま永遠に攻撃が入らないのではないか、と思っていたがこれなら……。

俺の方は人間じゃないだけあって体力は無尽蔵だからな。

精神的な疲労はともかく、肉体的な疲労は酷く感じにくい。

カピタンの方はいくら人間離れしているとはいっても、限界はそのうち来るはずだ。

そこまで粘れば……と思うが、厳しいかな。

それに、流石に俺がまるで疲れていない様子なのはもうカピタンには分かっているだろう。

怪訝そうな視線が強い。

一般的には同じような状態になるためには、禁制の薬物にでも手を出さないとならないからだ。

ただ、俺がそんなものに手を出さないということは分かってくれているだろう……分かってくれているよな？

とはいえ、体力はともかく聖気自体は有限である。

永遠に使い続けられるほど量があるわけではない。

他の力も使い分けながら攻めなければならない。

単純な魔力と気でもいいが……それだけではさほどカピタンを疲労させることは出来ないということは分かった。

そうなると……。

俺は剣に魔力、そして気を同時に注ぎ込み始める。

つまりは、魔気融合術である。

俺は剣を振りかぶり、そしてカピタンの剣鉈に振り下ろす。

狙いはカピタンではなく、最初から剣鉈だ。

なぜって、魔気融合術の特色は……。

「……？」

しかし、カピタンは俺の動き、それに視線から違和感を感じたらしい。

今まで剣を合わせてきたのに、急に剣鉈を下げ、引いた。

すると、当然、俺の剣は空振りする。

魔気融合術による攻撃は命中しなければ特に何があるというわけでもなく、普通に空振ったのと同じ様子だ。

カピタンはそれを見て、一体俺が何を狙っていたのか不思議そうな表情だったが、そんなカピタンに俺はさらに追撃をする。

とにかく、剣に当てればそれでいいのだ。

そう思って、ひたすらに剣を振るう。

カピタンは先ほどまでと異なり、俺の剣を受けずに避け続ける。

紙一重で……当たりさえすれば……と思うが、難しい。

ただ、それでも限界はある。

森の中で、下がり続けたカピタンが、一瞬、体のバランスを崩したのだ。

俺はその隙を見逃さずに、縦に剣を振り下ろす。

カピタンも耐え切れず剣鉈を上に掲げ……当たった、と思った瞬間、爆発が起こった。

魔気融合術、その特色は対象物の内部からの破壊だ。

他にも技術があれば色々な効果を生み出せるのかもしれないが、俺が素でやって出来るのはとりあえずこれだけだ。

学ぼうにも身に付けている人間なんてほぼいないからな……。

とはいえ、これだけでも破壊力は相当なもので、以前試したときは的の人形が爆発したくらいだ。

人間の体に使えばひとたまりもないだろうし、剣鉈を破壊することも可能だろう、と思っての打ち込みだった。

実際、命中したことを示す爆発が起こったし、これで……。

と思ったのだが、見てみると、

「……無傷？」

剣鉈もカピタンも特に傷ついてはいなかった。

一体なぜ……。

そう思っていると、ひゅっ、という音がして、横合いから何かが来る気配を感じた。

俺は慌ててその場から下がると、そこを矢が通りすぎていった。

……罠か。

しかし、一体そんなもの俺がいつ踏んだのか……。

と思っていると、きらりとしたものが落ちているのが見えた。

カピタンの糸である。

それを見て思ったのは……。

「まさか、さっき俺が切ったのは……」

俺の呟きを聞いたのか、カピタンが言う。

「俺が張った糸だな。何か狙ってるようだったから誘導してみたが……まったく。危なかったぜ。

そいつは……魔気融合術か？」

そんな風に。

俺は誤魔化すのが下手らしい。

何か画策していたことはカピタンにはバレバレだった、というわけだ。

対してカピタンが俺をうまいこと誘導していたことには俺には気づけなかった。

おそらく、あの一瞬の隙、あれもわざとだったのだろう。

俺に、糸を切らせるために。

狙いを明らかにし、かつ、あわよくば罠で仕留めようという狡猾な策略だ。

それをこの戦闘中に易々とやってくることが恐ろしい。

しかしだ。

それでも俺の優位は揺らがない。

なぜなら、避けなければならない、ということは当たりさえすれば効くということに他ならないからだ。

罠だって無限に仕掛けてあるわけでもないだろう。

少しずつ詰めていけば、いけるはずだ。

手のうちだって、まだ全て晒したわけではない。

まだやれることはいくつかあるのだ……。

あと残っているのは、魔力、気、聖気を全てつぎ込んだ、聖魔気融合術というべきあの技だ。

ただ、大きな問題があって……あれは武器の方が耐えられないため、そうそう使えない。

今使ってる、クロープが俺のために誂えてくれた剣でも使うなと言われてしまっているくらいだ。

しかし、それでも切り札であるのは間違いなく、いざというときのために、高値がついていたが魔力と気に耐えられる武器のストックを一応持っている。

片手剣だと高いから、短剣だけどな。

それでも、あれこそ当たれば致命傷間違いない攻撃となる、紛れもない切り札であるのだ。

だからこそ、一応使えるように準備は常にしている。

一度使えばその武器は間違いなく砕けるがゆえに、コストを考えるとまず使いたくないが、今が使いどころだろう。

問題があるとすればそんな隙をカピタンが与えてくれるかどうかだが、そこはもう頑張るしかない。ダメなときはダメなときだ。

羽も出したし、全て出し切って一撃を狙おう。

そう思って俺は挙動を羽の力も利用したものへと変える。

地面を走り回っていただけのときより、より立体的に、素早くなっていく俺の動き。

しかしそれでもカピタンは対応している。

やはりというべきか、流石というべきか。

俺はそんなカピタンに、空を飛び、羽の推進力を利用して突っ込み剣を振るう。

けれど、カピタンはそんな俺の動きを確かに捉えているのだ。

……まぁ、考えてみれば当たり前かもしれない。

カピタンの本業は狩人だ。

空を飛ぶ動物や魔物とも戦ってきている。

ちょっと空を飛んだくらいでは……ということなのだろう。

俺も俺で、そこまでうまく空中機動が出来ているわけでもない。

つい最近まで地べたを這いずり回る人間だったのだから、仕方がない話だ。

練習していなかったわけではないのだが、生まれつき空を飛べる生き物たちを相手にしてきたカピタンにとっては単純な動きに見えるのかもしれない。

けれど、俺は別にこれだけでカピタンをどうこう出来るとは考えてはいない。

俺がしたいのは、あくまで聖気、魔力、気をつぎ込んだ一撃を叩き込むことなのだ。

剣に聖気、魔力、気の全てを注ぎ込むのは、普通に魔力や気だけを武器に注ぎ込むよりも時間がかかるし、カピタンはいずれの力の発動も感覚的に理解しているようなので、あまり近くでそれをやっていると色々気づかれる可能性もある。

その点、羽を使って空を飛ぶと、気も魔力も使うために、いい目くらましになると考えた。

実際、カピタンは空を飛んでいること自体に驚いて、俺が更にまだ何かをやるつもりであることには気づいていないようである。

それでも、警戒は完全には解けていないので、こちらも気が抜けないけど。

魔力も気も垂れ流しに近いくらいに使うので、余裕もどんどんなくなっていく。

終局は近いな……。

「……ったく、空まで飛びやがって……ガルブの婆さんがお前が変わったって言うわけだ。だが、ただの奇策でどうにかなるほど俺は甘くはないぞ。まだ先があるなら、出して来い！」

むささびのごとく空を飛び回りながら剣に力を込めている俺に、カピタンがそう叫ぶ。

その言葉に俺は思う。

これが、最後の打ち込みになるだろう。

こんなにも消耗する戦いは魔物になって以来初めてだな。

色々自惚（うぬぼ）れていた部分があったと改めて理解出来た。

相手があまりにも経験豊富過ぎた。

おそらく、単純な地力では俺の方が少し上だろう。

ただ、技術や経験が全く違って、俺はそれに翻弄され続けた。

元々力押しよりは工夫で戦うタイプだったのに、そういうところを忘れつつあった。

十年もの間、銅級を続けて、全然上に上がれなくて、自分でも分かっていないところで腐りつつあったのかもしれない。

地力は確かに上がっていなかったけれど、まだ出来る工夫が、あの頃にもあったかもしれない。

初心は、忘れてはならないなと、今回思った。

とはいえ、残念ながら今は力押ししか方法がない。

工夫しまくったのに全て防がれたのだから。

これが通用しなかったらもう俺の持つ力はほとんど全てすっからかんだ。

効けば一、二度追撃するくらいは出来るだろうが、効かなければそこで終わる。

そんな感じだ。

俺は、短剣に十分な力を注いだのを確認し、背に気の力を込める。

基本的に直線運動しか出来ないので、カピタンに迫るためには彼が反応出来ないレベルの速度を出すしかない。

この羽の使い方も……もう少し研究するべきだな。

今までの使い方でも十分に強力だったから、それも怠ってしまっていた。

出来ることは全て把握する、それくらいの努力はせめてしなければならなかった。

力が身に付いていく速度が今までとは段違いの速度で、工夫している間もなく通り過ぎてしまっていた。それが俺の凡人の凡人たる所以(ゆえん)かも知れない……意識を変えなければ。

戦いが終わった後で、カピタンやガルブにもよく相談してみよう。

彼らならいいアドバイスをくれるだろう。

そのためには、今、全てを出し切ることだ。

何か気合いを入れるために叫んでから向かおうか……と思ったが、それをしたら間違いなくカピタンなら避けるだろう。

あえて無言で、突っ込むことにする。

羽に籠もった気が、強力な推力を生み、周囲の景色が一瞬にして変わる。

魔物の俺ですら、どれほどの速度が出たのか認識する間もなく、カピタンの前に辿り着いた。

カピタンにも把握出来なかったようで、瞬間移動のように目の前に現れた俺に目を見開き、しかし驚いているだけでは終わらずに、そのときにはすでに剣鉈を俺の方に動かしている。

もちろん、俺も剣を……短剣の方を前に向けて突き出していた。

そして、カピタンの剣鉈と、俺の短剣の刃が合わさる。

カピタンにとっては、それは避けるべきことだっただろう。

それを分かっていて、なお出さざるを得ないところにまで追い込めた。

つまり、俺の作戦勝ち、ということだ。

避けられたらもう、俺は地面に斜めの穴を作ってめり込んでいただろうけどな。

というか、こんな速度を羽の力で出したことなかったから、ここまでとは予想外だった。

カピタンなら防いでくれると思っていたからこそ出せる力だった。

他の相手だと……人間にしろ、魔物にしろこの速度でぶつかったら爆散させたり貫通したりしてしまいそうだ。

俺の短剣が、カピタンの剣鉈に命中すると、カピタンの剣鉈がキシキシとした、普通にはありえない音を立て始める。

剣鉈の柄の部分と、切っ先の部分が突然、螺旋(らせん)を描くように曲がっていき、そしてぎゅるぎゅると刃の中心に向かって圧縮され始めた。

それにすぐに気づいたカピタンは、剣鉈を持っていることが危険だと気づいたようで、手を離す。

そうなるだろうと予測していた俺は、バキバキと罅が入りつつある短剣を手放し、純粋な拳を前に突き出した。

それを見たカピタンは少し口元を引き上げ、俺とは反対の拳を突き出してくる。

クロスカウンター……とは言えないか。

そんな効果的な攻撃が出来る余裕などなかった。

ただの相打ちになった俺とカピタンである。

お互いの頬の部分にお互いの拳がめり込んでいる。

俺の拳は当然カピタンの肌に直接だが、カピタンの拳は俺の仮面にめり込むように入っている。

仮面は壊れてはいないので見た目の上では仮面で完全に防御出来たように見えるが、実際は衝撃が仮面の内部まで入ってきている……《気》の力による内部破壊だ。

剣鉈に気を込めることが出来るのだ。

拳に込められない道理はないということだろう。

武器に込める方が制御に失敗しても被害がないのでリスクが低いから俺はそればかりだが、こういうときのことを考えると拳に直接込めて攻撃する修練をすべきだろうな……。

しかしそれにしても、これは……。

体質的に体力という意味での疲労というものは存在しない俺ではあるが、ダメージはしっかりと蓄積する。

傷もすぐに治るが、何も消費せずに復活しているわけでもない。

魔力や気が相応に消費されるのだ。

そのため、今のすっからかんの状態だと、回復もきつい……。

それでも一時間も経てば大体の傷は治るだろうが……今この場でそれは出来ない。

ということは、つまりどうなるかというと……。

ずるずるとカピタンの頬から俺の拳がずれていく。

そしてそのまま俺は膝をついた。

カピタンも同様で、肩で息をしながら膝をつき、それから、俺が同様にしているのを見て、

「……はっ。ちょうど、相打ちかよ……」

と笑った。

どうやら、体力も気も無尽蔵に思えた彼も、やっと限界に達したらしい。

これ以上動くのは厳しいようだった。

たった今までそんな雰囲気は一切出してこなかったが……敵に弱みは見せない、という基本を最後までやり切ったというところだろう。

流石は、俺の師匠……どう見ても村の狩人レベルではないな。

改めて考えるとたまに村に魔物退治のため、冒険者を呼んだりしていたのは何だったのかという気がするが、あれもまた、擬態の一種だったのだろう。

普通の村なので危ないときは冒険者を呼んで魔物退治をお願いしますよ、という言い訳である。

まぁ、カピタンも転移魔法陣を使ってたまに留守にしていたみたいだし、カピタンの部下の狩人たちは強いが、それでも一般の域を出ないからな。

カピタンとガルブが特殊なのだ。

そしてその理由は、二人ともハトハラーの特殊な役職を継承しているから、だと。

……村長である俺の義父も強いのだろうか？

《国王》だからそんな技術はいらないのかもしれないが……。

そんなことを考えつつ、俺がカピタンとの戦いの勝敗について、

「相打ち、か……」

と改めて呟くと、カピタンは言う。

「何だ、不服か？」

「まさか。勝てるとは思ってなかったから、十分だ。もちろん、負けると思って戦ってたわけでもないけどな」

「そうかよ……ふっ。レント」

「何だ？」

「……強くなったな」

それはかなりの不意打ちで、俺は驚く。

別にカピタンに褒められたことが今まで一度もなかった、というわけではない。

ただ、たった今、カピタンの口から出た言葉には、なんというか、感慨のようなものが籠もっているような気がしたのだ。

よくやった、とか、良かったな、とか、そんな手放しの賞賛が込められているような。

だから、胸がひどく温かくなった。

やっとまともに師に胸を張れるようになった。

そんな感じだ。

神銀級（ミスリル）冒険者になると村を出て十年、底辺を彷徨（さまよ）い続け、故郷の人々にどんな顔をして会えばいいのか分からない日々が続いていた。

それでも、みんな何も気にせずに会ってくれるから、たまに来てはいたけれど……どこか、俺は何も出来てはいないないと毎回感じていたのだ。

けれど今回は……。

まだ何かが出来ている、とは、はっきりとは言えないけれど、将来の展望が見える。

あの頃には見えていなかった道が、これから先に広がっているのが。

それをカピタンに、今やっと示せたような、そんな思いがして、あぁ、戦って良かったな、と思った。

お互い、武器は一つずつダメにしてしまったけどな。特にカピタンの剣鉈は昔からの愛用品だったんじゃないかな……だとすれば申し訳ないことをした。

ただ、手加減はしようがなかったのだから仕方がない。

「そう言ってもらえると嬉しいよ。カピタンとここまでちゃんと打ち合えたのなんて初めてだ」

「俺だって弟子相手にここまで苦戦したことはかつてない。冒険者でも上の方の奴らや、秘境の奥地にしかいないような魔物ならまた違うかもしれねぇが……今日のお前を見るとな。いつかそういう奴らともやりあえそうだ」

カピタンは強かったが、最強というわけではない。

冒険者でも白金級(プラチナ)や神銀級(ミスリル)となると……本当の意味で人間をやめているような奴らが出てくる。

そこらへんにいるような存在ではないから、会えることなんて滅多にない。

カピタンは会ったことがあって、実際に戦うところを見たことがあるのかもしれない。

俺も一人、見たことがあるわけだが、今思い出してもまるで辿り着けるところにいるとは思えない。

それでも目指すのだが……。

「……ま、実力を見るって意味合いなら、もう十分だ。お前は強い。もう安心してお前が冒険者をしてるのを見てられるよ。ちょっと前までは危なっかしくてしょうがなかった」

「え、そうだったのか？」

「あぁ……まぁ、小器用に頑張っているとは思っていたが、お前の場合目指す場所が目指す場所だったからな……。いずれ行き詰まって自棄(やけ)にならないか、とかな……ま、いらねぇ心配だった」

思っていた以上に見られていたらしい。

たまにしか帰ってこなかったが、その度に顔色が優れないときもあったのかもしれない。

割と明るく振る舞っていたつもりだが……昔からの知り合いには見抜かれていたのだろう。

「それよりも、だ」

「何だ？」

「色々と聞かせてくれるんだろう？　その羽や、戦ってる最中に見せた人間離れした動き、その理由をよ……」

言いながら、カピタンも大体検討はついているようだった。

ガルブが察したときとは違って、もう見るからに見た目魔物だからな。

羽が後天的に生えてくる人族（ヒューマン）なんてどの世界にいる。

翼人（よくじん）というのはいるけど、あれは元々、獣の因子を持つ種族である獣人の一種だ。

俺の場合とは根本的に違う。

俺が人族（ヒューマン）であるのは最初から明らかで、それなのに羽が生えているという状況が問題なのだ。

「それは私も聞きたいね」

ガルブが後ろから寄って来てそう言った。

試合が終わったのを確認して来たのだろう。

先ほどまで少し遠くに立って観戦していたわけだが、ロレーヌもいる。

「でも……ガルブはほとんど察してるんだろ？」

「……まぁ、ね。あんたのその見た目もそうだが……今回、最初に会った時点で、何か違和感を覚えていたよ。魔力や気は、慣れると個人に固有の気配のようなものが分かるようなる。だが、あんたの魔力は、前に感じられたものと大きく色が変わっていた。量が増えていること自体はそれほど気にはならなかったんだ。何かのきっかけで、急に魔力が増える者というのもいるからね。ただ、あんたの場合は……魔力の質が変わっていた。それは、余程のことがなければ起こらないのさ」

ガルブの言葉を聞きながら、魔術初心者としてそうなんだなぁ、というくらいに聞いていたが、ロレーヌが苦々しい顔になる。

「この人が言っていることは一般的ではないぞ。確かに、個人に固有の魔力波形、というのは確認されてはいる。いるのだが……それは精密な魔道具などを使って初めて判別出来ることだ。私だって、魔力それ自体は見ることが出来るが、そこまで細かく判別することは出来ん。なんと言うかな……ガルブ殿がやっていることは、水を舐めてその産地を当てているようなものと言えばいいかな。そう簡単に出来ることと思うか？」

水を舐めてって……無理に決まってるだろと即座に思う。

まぁ、口触りのいい水、とか炭酸水、とかなど分かりやすい特徴があれば、違いをある程度は判別出来るかもしれないが、せいぜいそのくらいだ。

細かく産地を言い当てるのは流石に無理だろう。

さらに、水なら地域とかをいくつか言えばいい程度だが、魔力は持っている者が膨大にいるのだ。

俺には分からない感覚だが、似ている魔力を持つものだってきっと沢山いて、それらを判別するのは厳しいだろう。

しかしガルブには、出来る、ということか。

「私の場合は人に魔力を見せないよう、隠し続けたからね。その辺りの感覚がかなり磨かれたのさ。五年や十年じゃ利かない、何十年となく磨き続けた技能だ。簡単に出来たらこっちが困るよ」

「それは……ハトハラーだと魔術師であることを隠さなければならなかったからか？」

「ああ、そうさ。私の師に当たる人物も出来た。これも特殊技能かも知れないね……。ま、それはいい。ともかく、その私の感覚からして、レント、あんたの魔力は以前のそれとは大幅に違っていた……何か変わった、と気づくのは簡単だったというわけだ。それに加えてロレーヌの幻影魔術もあったしね。あんたが話すマルトでのことも……色々とぼかしてはいたが、違和感はあった。体質が変わったとか、そんな話もしていただろう。従魔もいるっていうし……そういうのも全部含めて、ずっと考え続けて……それでね。あぁ、って思ったのさ」

あぁ、とは、あぁ、俺が何か特殊なものに本当に変わっているのだろう、ってことかな。

だから、魔力の質が変わり、戦闘能力も上がって、体質も変わったと。

ガルブにとってはヒントが多すぎたのかもしれない。

それでも推測出来てしまうのは凄（すご）いが……ここまで分かられて隠しても仕方がない。

俺は素直に言うことにした。

「……察しの通り、俺は変わった。今はもう、この身は人族（ヒューマン）のそれじゃない。おそらくは……魔物の体だよ。その結果、羽が付属したり夜眠らなくても平気になったり従魔……眷属（けんぞく）が出来たりした。主食は人の血で……ただ、普通の食事も出来る。目はほら、よく見ると赤いだろう？」

それを聞いて、ほとんど分かっていたこととはいえ、ガルブもカピタンも目を見開く。

そして俺の目を覗（のぞ）き込んだ。

「……確かに、赤みがかっているな。仮面のせいで暗く見えるから目立たないが……よく見れば色が前とは変わっている」

「そのようだねぇ……赤い目に、眷属を従えた、血を啜（すす）る魔物……ほう、つまりあれかい？　あんた、魔物は魔物でも、吸血鬼（ヴァンパイア）になったってことかい？」

流石のガルブでも種族までは分かってはいなかったようだ。

感嘆したような、面白いような、弟子が魔物に変わったと聞いた割には平静すぎる反応だが、そんな様子で俺に尋ねてきた。

「ああ。多分だけど、今の俺は不死者（アンデッド）の一種、下級吸血鬼（レッサーヴァンパイア）だと思う。ただ、聖気も使えるし、教会に行っても特になんともないし、聖水かぶっても火傷（やけど）もしないし、太陽も平気だけど」

「そりゃまた……便利なことだね。しかし、多分？」

俺の言い方に疑問を覚えたのか、ガルブが首を傾（かし）げると、ロレーヌが説明した。

「今のレントの説明をお聞きになれば分かると思いますが、吸血鬼（ヴァンパイア）であるにしてもその特徴があまりにも通常の吸血鬼（ヴァンパイア）のそれとは異なりますから。本当に吸血鬼（ヴァンパイア）なのかどうか、断定しかねるというのが実際のところなのです。ただ、吸血鬼（ヴァンパイア）にも色々と種類がいることですし……人が把握していない、亜種なのではないか、と推測はしているのですが……分かっているのはその程度です」

「ふむ……？　確かに、普通の吸血鬼（ヴァンパイア）の魔力とは違う気がするね。あいつらの持つ魔力はもっと、ねっとりとした感じを受ける。心地よい闇の気配というか……レントのそれはむしろそういう偏りが感じられないよ」

ガルブは魔力ソムリエなのかそんなことを言う。

ロレーヌに分かるか？　と視線を向けてみるも、苦い顔で首を振られてしまった。

これぱっかりはガルブの特殊技能なのだろう。

というか、吸血鬼（ヴァンパイア）の魔力を評価出来るくらいに近くで会ったことがあるのか、この人は。

「吸血鬼（ヴァンパイア）に会ったことがあるのか？」

気になってそう尋ねてみると、ガルブは頷（うなず）いて、

「ああ、最近じゃそう見ないけどね。私が若い頃は結構その辺の隊商なんかに交じってたもんだよ。

隊商の人間も分かって連れていることが多くてね。今の世の中だと随分悪者扱いされることが多いが、本質的には人族(ヒューマン)と大して変わらないね」

「そんなによく見たのか……？」

　俺が尋ねると、ガルブは答える。

「よく見た、とまで言われるとそうでもないが……たまに見たという感じだね。ただ、吸血鬼(ヴァンパイア)は四十年ほど前から念を入れて狩られ始めた。それまでも狩りたてる奴(やつ)らはいたが……力の入れようが変わったんだ。それから、ほとんど見なくなったさ。もうかなりの数、狩られてしまったのか、それともどこかに隠れたのか……その辺りは分からないけど、まぁ、悪い奴らじゃなかったよ」

「何で、そんないきなり……？」

　俺が素直にそう疑問の声を上げると、これにはロレーヌが答えた。

「ロベリア教だろう。昔から吸血鬼(ヴァンパイア)に対して排他的な思想を持っている宗教団体だからな、あそこは。特に四十年前となると、今の大教父が頭角を現し始めた時期だ。内部事情は詳しくは分からないが……権力闘争を経て、大教父となり、それからかなり教義が過激かつ純粋になったらしい。吸血鬼狩り(ヴァンパイア・ハンター)はその中の一部だな。他には聖者・聖女などの勧誘の強化や、国家に対する働きかけを強めたことなどがあるが……まぁ、その辺は私の専門ではない」

彼女の言う通り、この世に存在する全ての宗教団体が吸血鬼を敵とみなしているわけではない。たとえば東天教なんかは好きとも嫌いとも言っていない。

宗教によって分かれているのだ。

ただ、ロベリア教はかなり広範囲で信じられている宗教であり、権力との繫がりも強いから人々の認識に強い影響を与えていることも確かである。

それもあって、多くの人の感覚で吸血鬼は悪とされがちだ。

そのため吸血鬼に対して好悪を示していないはずの東天教信者でさえ吸血鬼に対して否定的な人間が少なくないくらいだ。好意的な人物はほぼいないと思っておいた方が良い。

「ロベリア教は何でそんな親の仇みたいに吸血鬼を憎むんだ？」

俺がふと思った疑問を口にすると、ガルブが、

「まぁ、人の血を吸うとか、その辺りについて嫌悪感を覚える奴が多いからじゃないかい？　やはり捕食しているところを想像すると共食い感が強いからねぇ。そういう異端に人は敏感なもんさ。他には……嫉妬というのもあるかも分からんね」

「嫉妬？」

俺が首を傾げると、ガルブは続ける。

「そうさ。吸血鬼は不死者だ。長い時を生きる。その寿命はほぼ存在せず、栄養……血を摂取し続ける限りは永遠に若さを保っていられる。しかし、人族には吸血鬼になる方法はさほど与えられていない。吸血鬼の血を飲む、眷属となって力を溜める、そんなものくらいしかない。率直に言って、

腹立たしいんだろうさ。人間は、富や権力、名誉を手に入れれば、そのあとは永遠の命を欲しがるもんだ。それなのに、どれだけ今まで手に入れたものを行使しても手に入らない宝物が目の前にあったら……そして既に手に入れている存在がそこにいたら……。もう嫉妬しか浮かばんだろうね。そういうことさ」

永遠の命を得るために、吸血鬼（ヴァンパイア）になりたい。

それは現代においても存在する価値観である。

なぜ分かるかといえば、吸血鬼（ヴァンパイア）になる方法を求める富豪や権力者というのが未（いま）だにいるのは事実だからだ。吸血鬼（ヴァンパイア）の立場は決して良くないのに、その血液が求められ続け、高値がついているこの状況がその証左であろう。

同じ理由でリッチになる方法なんかも需要があるようだが、こっちはな……骨になっちゃうからな。骨経験者として、たとえ永遠の命だろうが色々と寂しいものがあるからやめておいたら？　とか言いたくなる。

まぁ、言ったところで通じないんだろうけれども。

「嫉妬か。そんなにいいもんじゃないんだけどな……」

吸血鬼（ヴァンパイア）になった俺が得たもの、失ったものを考えながら俺がそう言うと、ガルブは、

「そうかい？　まぁ……想像出来なくもないね。昔から魔術師たちは言ってきたことだ。過ぎた力を求めれば身を滅ぼすと。《アーカーシャの記録》だってそうだ。あれは全てであり、一つだ。手に入れれば、何もかもが叶（かな）う……誰もが知りたいと思って当然のものさ。もちろん、求めるのは自

由だが、その過程で正気を失う者も少なくなかったと言われている。力には、責任が伴う。それは義務ではなくて……手に入れようとしたら確実に負う報いさね。それを避けることは難しい……。

ただ、何も知らないものからすれば、持てるものが言う、傲慢にしか思えないのかもしれんがね」

ガルブは、《アーカーシャの記録》にしろ、吸血鬼(ヴァンパイア)やリッチになる方法にしろ辿(たど)り着いてはいない、もしくは求めようとしたことがないのだろうが、それを得たときの危険性を分かっている。

「一回なってみろ、と言いたいところだけど、それも難しそうだしな……」

「ふむ……そうなのかい？　そもそも、レント。あんた、何でそんな体に……」

ガルブが根本を訪ねてきた。

カピタンも知りたそうな表情をしていたので、俺はあの迷宮での一連について説明する。

「なんていうか……簡単に言うと、迷宮に潜ったら《龍》に食われて、気づいたら不死者(アンデッド)になってたんだ。最初は骨人(スケルトン)だった。徐々に進化して……今は吸血鬼(ヴァンパイア)なのさ。嘘(うそ)くさい話だけど、な……」

信じがたい話だが、想像通り、というべきかガルブもカピタンも普通に受け入れて頷いてくれる。

その辺りの反応については、最初から想像はついていたな。

不安もない。

ただ、《龍》については流石に驚いたようだった。

「《龍》には流石に私も遭ったことがないね。カピタン、あんたは？」

「俺もないな……。そもそも、実在するのか。あれは伝説に過ぎない話だと思っていたぞ」

実際、普通の人間にとっては遠目でもまず、遭うことなどない存在である。

そう言いたくなるのも分かる。

けれど。

「実際に俺は遭遇した。こうなってしまったのがその証拠、というとちょっと弱いかもしれないけど……」

普通の人間が魔物に変異出来る方法など滅多にない。

吸血鬼（ヴァンパイア）の血を手に入れる、とか、リッチになる儀式の方法を知り、素材を手に入れるとかいうのはあるにはあるが、そういうことをわざわざ俺がするわけがないというのも二人は分かっている。

「ま、そうだね……。少なくともあんたが嘘は吐いていない。というのは分かる。それで、あんた、これからどうするつもりなんだい？」

ガルブが尋ねてきた。

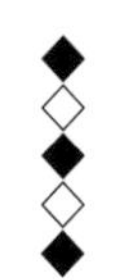

「どうするもこうするも、何も変わらないさ。俺の目標は神銀（ミスリル）級冒険者を目指して頑張る、だよ」
そう答えた俺に、ガルブは呆（あき）れたような納得したような表情を浮かべる。
「あんた……魔物になってもまるで変わりなしかい。まぁ、あんたらしいっちゃらしいが……」
「そりゃ、もちろん、人間に戻る方法は探すぞ。でも、将来の目標はそんなに簡単に変わらないだろ」

俺の返答にガルブは安心したように頷き、

「あぁ、それは一応やるのかい……吸血鬼（ヴァンパイア）のままの方が便利そうだが、そのままだと仲間に狩られかねんというところかい？」

「そうだ。まぁ……俺が吸血鬼（ヴァンパイア）だなんて知ってる奴は限られてるけどな。ここにいるメンバーに、迷宮でたまたま会った駆け出し冒険者が一人、それに以前からの冒険者仲間一人と、冒険者組合（ギルド）職員一人、そしてマルトの冒険者組合長（ギルドマスター）くらいだ。その他にも俺が前とちょっと変わってる、ってことを認識してる奴はいるけど、はっきりとは説明してないからな」

クロープ夫妻はもう知っている方になるだろうが、はっきりと説明したことはないし、彼らの生活を考えると説明しない方がいいだろう。

言っても多分、今まで告白した人々と同じような反応を示してくれるとは思うが、無理に知らせる必要もない人たちだ。

クロープなんかは武器の使い心地や要望を伝えればそれでいいようなタイプだしな。

まぁ、魔物が武器を使ったらどうなるか、なんていうデータは欲しいかもしれないが……今は気にしないでいいだろう。

「十人もいないんだね。とはいえ、秘密の内容を考えるに多いような、少ないような……微妙な数だ」

「本当は誰にも言わない方がいいのかもしれないけどな。俺は結構抜けてる自覚もあるし、フォローしてくれる人材が欲しかったというのもある」

一人でやろうとして、やろうとしたことがうまくいかなかった十年があるからな。

人を頼ってみようとちょっと思い始めていたというのもある。

迷宮に潜るときなんかは基本ソロ、というスタンスは変わらないが、それ以外のところではな。

全部が全部自分だけでやろうとはもう思わない。

「その筆頭がロレーヌということか？」

カピタンがそう言ったので、俺は頷く。

「あぁ。魔物になって、一番にロレーヌに頼ったよ。魔物についてロレーヌは詳しいし、きっと、俺が魔物になっても変わらないと信じられる一番の相手だったからさ」

「そして、実際にそうだったわけだ」

ガルブがそう言ってロレーヌを見る。

ロレーヌは頷いて、

「レントが魔物になったくらいのことを気にして疎遠になるような付き合いではなかったですから。それに私は魔物について研究しています。そのための協力を、魔物本人から得られるというのですから、尚更(なおさら)拒否する必要がありません。むしろこちらから付き合いをお願いしたかったくらいで」

「ふうん？　そうなのかい。ロレーヌ」

ガルブがそう言ってから、彼女の耳元に口を寄せた。

何か喋(しゃべ)っているが……それにロレーヌは頷いたり首を振ったりしている。

表情も結構くるくる変わっているが……。

「……何の話をしてるんだ、あの二人は？」

俺とともに蚊帳の外に置かれたカピタンにそう尋ねると、カピタンは首を横に振って、

「……ガルブの婆さんがああいうことをし始めたときは黙ってるのが一番だぞ。首を突っ込むとろくなことがない……」

とげんなりとした顔をする。

俺が首を傾げると、カピタンは、

「以前、宴の席で俺の妻がガルブとあんな感じで話しているときがあってな。気になって首を突っ込んだら……とんでもないことになった」

と青い顔で言う。

「……どうなったのか聞いてもいいか？」

と尋ねると、カピタンは、

「俺の妻が、俺の部屋の物置から昔の女にもらった品を後生大事にとっておいているのを発見したらしくてな。その処遇についてどうすればいいのか相談していたのだ」

「……それはなんというか……」

一番見つかってはいけないパターンだろう。

というかそんなもの結婚したあとなら捨てておけという話だ。

捨てないという選択肢を選ぶ自由はあるが、せめてもの礼儀として絶対に見つからない場所に隠しておくべきである。

そんな感じの責める視線を俺が浮かべていたのに気づいたのだろう。

カピタンは慌てて首を横に振り、

「……別に本当に後生大事にしまっていたわけではない！　単純に部屋の奥の方に入れていたのを忘れていただけだ。それから十数年となく触れないでいたからな……大事にしているように見えてしまっただけだ！　という話を妻とガルブに対して、部下たちが酒を酌み交わしている席でする羽目になってな……あれは、酷い経験だった。最後には事なきを得たし、夫婦仲も良くなったのだが、もう一度経験したいかと聞かれれば、絶対に否であると答える……お前は挑戦するか？　もう一度、念のために言っておくが、やめておいた方が賢明だぞ？」

大物の獲物を前にしたときにしかしない、本気の表情でカピタンは俺の肩を引っ掴みながら言う。

ギリギリと強い力が籠もっていて……あぁ、うん、確かにやめておいた方が良いんだろうなと心の底から分かってしまった。

別に俺にはこれ以上ロレーヌに隠しておかなければならないような話もないんだけどな……大体、疚しいことなんて夫婦じゃないんだから発生しようがないとも思うが……。

しかし、危機感は確かに覚える。

なんていうか、野生の勘みたいな？

触らぬ神にたたりなし、みたいな？

魔物になってからその辺の勘は鋭くなった気がするから、これは第六感の導きに従って何も言うべきではないな、と俺はガルブとロレーヌの会話に聞き耳を立てないことにした。

それからしばらくして、

「……悪かったね。放っておいて」

二人の会話が終わったらしく、ガルブがそう言ってきた。

「いや、別に構わないが、もういいのか？」

内容は聞かないで俺はそう言う。

ガルブはこれに頷いて、

「ああ、まぁ、大した話じゃなかったからね。それで、改めてあんたのことだ。夢が変わってないこと、人間に戻りたいこと、どちらも分かったよ。それでね、これは提案なんだが、あんたとロレーヌ、少し村で修行していかないかい？」

唐突にそう言った。

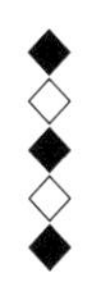

「……修行？　何でまた。いや、別にもうそんなもの必要ないってわけじゃないけど」

冒険者にしろ何にしろ、戦いを生業にする人間というのは一生修行のようなもんだからな。

これで満足、という基準がない。

俺なんかは特に、目指しているものがものだ。

今日の自分に満足していたら辿り着けるものも辿り着けないだろう。

……まぁ、それでも、今日は十分やったな！　とかはたまに思うけどね。

そんなことを考えている俺に、ガルブは言う。

「別に今更普通の修行をしろ、なんて言わないさ。そうじゃなくて、私たちの……ハトハラーの役職持ちに連綿と受け継がれてきた技術を、あんたらに教えようと思ってさ。本来は門外不出なんだが……転移魔法陣まで見せたんだ。毒を食らわば皿までだよ。あんたも構わないだろ？　カピタン」

カピタンにもそう水を向けると、彼もまた頷いた。

「ああ。俺は元々そのつもりだ。そもそも、いざというときに転移魔法陣を守るために残されていた技術だからな。教える相手として、むしろ適切だろう」

「そうなのか？」

俺が首を傾げると、カピタンは答える。

「一応そう言われている……が、何分気が遠くなるほど昔の話だからな。他にも来歴や理由はあったのかもしれん。しかし今では、はっきりと言い伝えられているのはその程度だ。流石に長い年月が経ちすぎたのだろうな」

その言葉に残念そうにしたのは、ロレーヌである。

「……調べればあの古代都市のことも色々と分かりそうだと思っていたのだが……難しいか」

「ま、残っている話は少ないとはいえ、歴代の役職持ち達が残した資料もないではない。特に《魔術師》の残したものはかなりの数に上るから、それを読めば分かることもそれなりにはあるだろう。

ただ、文字や記述の仕方が古かったり、欠損があったりで読み解くのにはそれなりに時間がかかるだろうが……」

ガルブの答えに、ロレーヌは、

「むしろそういう時間が楽しいのです。あとで見せていただければとてもありがたいです」

そう言ったのだった。

「さて、と。それじゃ、始めるか」

カピタンが森の中でそう言った。

カピタンと試合した場所ではなく、一旦村に戻ってから、また森に入ったので比較的村に近い。

なぜ村に戻ったかといえば、カピタンの剣鉈(けんなた)の問題だ。

俺が壊しちゃったからさ……。

ただ、剣鉈を破壊されたこと自体は別にさほど気にしていないようだ。

かなりの年月使ってきた大事な品かと思っていたのだが、そうでもないらしいからだ。

戦闘から始まり、背の高い草を刈ったり、魔物の解体をしたりなど、多岐にわたって使える武器兼便利道具である剣鉈である。

かなり酷使する関係で、大切に使っていても元々数年でダメになるという話だった。

まぁ、普通の動物だけを相手するならともかく、魔物はな……。

素材自体の丈夫さが違うし、魔力も纏っているので同じ武器をそうそう長くは使えない。

冒険者用の武具は素材からして魔物製だったり、特殊な鉱石を多量に使ったりしているので長持ちなことが多いが、カピタンの剣鉈はハトハラーの鍛冶師が普通の鉄から作った一般的な品のようだしな。

別に転移魔法陣を使えば都会で冒険者用に作られた丈夫な剣鉈も仕入れて来られるだろうし、実際に持ってはいるのだろうが、ハトハラーで頻繁にそれを使ってたら流石に怪しいだろう。

一人で森に入るときは使っていても、狩人としてグループで動くときは普通にハトハラー製のものを使ってきたらしい。

それでもカピタンには《気》があるし、十分に長持ちなのだけどな。

本当にそのまま、ただの鉄の剣鉈を使ってたら一年も保たないかもしれない。

ちなみに、カピタンの言う「始める」は、修行をだ。

ロレーヌとガルブはここにはいない。彼女たちは彼女たちで別の修行があるからだ。

ガルブがロレーヌに伝授するのは魔術で、それも初心者の俺にはまるで理解出来ないようなレベルの高度なものだろうから別々にやる方がいい。

見ても分からないだろうし、必要ならロレーヌがあとで教えてくれるだろうから問題ないだろう。

それより、俺はカピタンの《気》の力、特にあの防御に使われた技法を知りたい。

あれは何だったのか？

楽しみである。

「俺に試合のときに使った技を教えてくれるってことでいいんだよな？」

俺がそう尋ねるとカピタンは頷いて、

「ああ。あれも含めた、《気》の技法全般だな。お前には昔、基礎を教えたが……今は実際どれくらいのことが出来る？」

とりあえず、俺がどこまで出来るのかの確認からというわけだ。

試合をしてはみたが、別に全ての技術の練度を見せたわけでもない。

魔物になった結果使えるようになった数々の力もあるし、そういった俺の現状を正確に把握するところから始めた方がいいと考えたのだろう。

「魔力や聖気はこの体になって、色々出来るようになったんだけど……気についてはな。あんまり変わってないよ」

「というと？」

「基礎の身体強化、治癒力の強化、武器の強化……そんなもんかな。あぁ、あと、組み合わせで特殊なことは出来るようになったけど……」

「組み合わせ……というと、あれか。試合の中で見せた、俺の剣鉈をひしゃげさせてくれた……」

俺の言い方に、すぐにカピタンは思い出したようだ。

俺は頷いて、実際にやってみせることにする。

といっても、とりあえず見せるのは聖魔気融合術の方ではなく、魔気融合術の方だ。

聖魔気融合術の方はコストというか、俺の懐に痛すぎる。

剣に気と魔力を込めて、その辺にある木に切りかかる。

すると、幹の部分が剣が触れた方向とは逆の方向から爆発し、その重みを支えきれなくなって倒れた。

見事なまでに自然破壊だ。

普通に切ることも最近は出来るようになってきたのだけど、制御がな……。

それに、見た目上、分かりやすいのはこの結果かなと思うから別にいいかな。

カピタンは、それを見て、呆れた顔で、

「……まぁ、気の強化版というところか？　魔気融合術だな。俺の剣鉈を壊したあれとは違うみたいだが……」

「あっちは俺の武器もダメになるからそうそう見せられないんだ。聖気と、魔力と、気を融合させたものだから、単純に聖魔気融合術と言ってる」

第五章　当主ラウラ・ラトゥール

都市マルト。

そのはずれに、巨大な庭園を抱えた古く豪奢(ごうしゃ)な屋敷があります。

その当主を初めて見る方は、驚く方が多いようです。

なにせ、その見た目は、十二、三歳の、不健康そうな娘なのですから。

身に着けているものは大抵が黒か白の古い意匠のドレスで……。

マルトに昔から影響力を及ぼしている古い家の人間の癖して、かなり陰気である、と捉える方が多いだろう、と思います。

といっても、当主が人と会うことなど、ほとんどないのですけど。

ちなみに、当主の名はラウラ・ラトゥールと言います。

つまりは、私の名です。

「なぜです！　どうして協力してくれないんですか……？」
ラトゥール家の屋敷、その一室、応接室で、一人の少年が叫ぶように私にそう言っています。

私の斜め後ろには使用人であるイザークが立ち、私と同様の瞳の色で、少年を見つめています。

「……そうおっしゃられましても……困ります。私とて、出来るだけのことをするつもりはありますが……イザーク」

そう言うと、イザークは瓶に入った赤い液体を差し出して、私に渡します。

竜血花（りゅうけつか）から採れる薬液です。

保存が非常に難しく、竜血花が新鮮な状態のときに採取しなければ効力がないため、そうそう手に入る品ではありません。

しかし、今の私にはとてもありがたい冒険者がいて、彼がある程度の数を定期的に採ってきてくれます。

今は少しマルトから離れていますが、彼に以前渡したもの以外にも、それなりに物質の経過時間を遅延する魔道具は保有しています。

今まで採取してきてくれた分から採った薬液で、十分にやっていけるため、問題はありません。

私はイザークから竜血花の薬液を受け取り、少年に手渡して、言います。

「……これを一日に一度、水で百倍に希釈して飲めば衝動は抑えられます。そうすれば、十分に人の街で生きていけます。ただ、マルトからはもう、出なさい。あなたを探して悪魔がやってきています。ここに留（とど）まるのはお勧め出来ません」

「……こんなもの……」

一度瓶を受け取り、投げ捨てようとした少年でしたが、

「それがあればこそ、貴方方は人に紛れ、隠れて長い間生きてこられました。今では……手に入れる方法も少なくなって厳しいとは思いますが、全くないわけでもないでしょう？　代替品もあるはず。それなのに、わざわざ里から出てきてこのようなところに貴方のような若い存在がいるのは……なぜなのです？　先ほどからあなた方の存在を世に示したい、そのために協力を、と私におっしゃいますが……それが出来るのなら、貴方よりもずっと強力な方々が、そのようになさっているはずです。そのことについて、どうお考えですか？」

そう言われて、瓶を投げ捨てようとした腕をゆっくりと下ろしました。

必要な品だ、ということは理解してくれたようで何よりです。

「僕は……ただ、里での生活が嫌になったんです。人間から隠れて、静かに生きて……まだ滅びたわけでもないのに、いないふりをして……僕は、僕たちはいるんだ。この世界に生きて……それなのに……」

少年は悔しそうに、涙を流しながらそんなことを言います。

気持ちは、理解出来なくはありません。

ただ、それを主張するのは……今の世界情勢から鑑みるに、とてもではありませんが賢明とは言えません。

私は彼に言います。

「……少なくとも、私は貴方の存在を認めていますよ。しっかりと生きて、こうしてここにいる。こうやって交流も持っています。それに、世界から隠れなければならない人々は、貴方方以外にもたくさんいます。程度の違いはありますが、エルフ、ドワーフに、妖精(フェアリー)や、獣人……。その事実から は逃げられません。ただ、それでも、貴方は生きている。ご自分でもそうおっしゃいました。このままこの土地にい続ければ、その重要な命すら守れずに、ただ消えていく結果になる可能性が高いのです。そのことは？」

「……僕だって、死にたくは……」

「であれば、里に帰ることです。場所については聞きません。知られたくもないでしょう？」

「でも、連絡する手段が……」

「それについてはお気にされずとも構いません。イザーク」

「は……」

イザークが私の言葉に頷(うなず)いて、部屋を出ていきました。

「一体何を……？」

「我が家では、貴方のお仲間に連絡をとる手段を有しています。時間は少しかかりますが、確実に連絡はとれますので、ご心配なさらずとも構いません。どの《里》なのかは一応問題になりますが、貴方ぐらいの年頃の仲間がいなくなったとなれば、向こうも血眼で捜しているでしょう。すぐに特定して向こうから連絡が来るはずです」

「……貴方は。長老たちから聞いていましたけど、なぜそこまで僕たちのことを……」

「ずっと昔から、我が家はそのように暮らしてきましたので。このマルトは、そのための拠点でした。もはや、知る者は少しずつ減り、残っているのは我が家だけですが、ご心配はなさらずとも構いません。私は、貴方を裏切りませんよ」

「……本当に、ありがとうございます……」

「いいえ。それより、先ほども話しましたが、今のマルトは危険です。もし街に出るのなら、よくよく注意して歩くことです。先ほどお渡ししたそれを使っていれば危険の度合いは下がりますが、絶対に露見しないとも言えませんので。念のため、今いる宿を引き払い、我が家の客人として滞在されるとよいでしょう。食事についてもお出し出来ますので、ご安心ください」

そう言った私に、少年は頷いて、宿を引き払ってくると言って部屋を出ようとしたので、まず、竜血花のエキスを希釈して飲ませてから見送りました。

それから、イザークが部屋に戻ってきたので、彼に尋ねます。

「連絡はとれそうです？」

「ええ、返事待ちになりますが、明日には返ってくるかと。しかし……あの少年が新人冒険者の行方不明の犯人ですか？」

イザークがそう尋ねてきたので、私は少し考えてから答えます。

「おそらくは、違うでしょう。彼は《里》からの家出者です。竜血花ほどではないにしろ、衝動を抑え、人に近づける薬を持っています。もう切れかけているようですが……まだ、血の匂いはしません」

「となると……もう一匹入り込んでいると？」

「その可能性が高い、と思います。調べなければなりませんね……」

「では、そのように。失礼いたします」

そう言って、イザークは部屋を再度、出ていきました。

それから私はソファの背もたれに寄りかかり、ため息を吐きます。

最近、色々なことがありすぎで……疲れがたまっているようです。

はぁ、誰かに肩を揉(も)んでほしい。

そう思いました。

「ほう、聖魔気融合術、か。そんな技術が……。まぁ、魔気融合術にしても、俺には使えないから教えようがないな」

カピタンが俺の言葉に少し残念そうにそう言う。

が、こればっかりは仕方がないことだ。

魔力は生まれつきの部分が大きく、かたや聖気は運の問題だ。

聖気を運扱いすると様々な宗教団体のお歴々の皆々様に怒られそうだが、現実問題そうなのだから仕方がない。

確かに、別に信仰心が全く関係ないというわけでもないんだけどな。

一生懸命祈ってたら、とか、善い行いをした結果、とかそういう理由で加護をもらえて聖気を使えるようになることも少なくない。

俺だって元々、祠の修理をしたという善行らしきものをしたがゆえに加護をもらえたのだから。

ただ、聖気が欲しい！　みたいな下心ありきでそういうことをしても加護はもらえないことが普通だ。

そういう逸話がいくつも残っている。

神々はやはり、神々だということだろうか。

人の心を見抜くのかね。

でも邪神なんかの類がくれる加護も、善神のそれと見分けがつかないと言われているから微妙な話だ。

実際にそんな存在から加護をもらってる人は見たことないからよく分からないけどな。

当然だ。

俺は邪神の加護があるんだぜ！　羨ましいだろ！　とは誰も言うわけがない。

聖気を持っている、というくらいは言うかもしれないけどな。

邪神からもらおうが善神からもらおうが、聖気は聖気なのだ。

邪気ではないのだよな……謎だ。

そんなことを考えつつ、俺はカピタンに言う。

「カピタンなら聖気はともかく魔術くらい使えそうだけどな」

この男なら、むしろ使える方が自然だ。

そう思ってしまうくらいの能力がカピタンにはある。

しかし、カピタンは、

「ああいう小難しいのはガルブの婆さんに任せておくさ。ハトハラーの民が古王国の末裔だとはいっても、全員が魔力を持つわけじゃない。まぁ、他のところよりほんの少し、魔力持ちが生まれやすいらしいのは事実のようだが、それも誤差の範囲だ。今の村にいる魔力持ちは、ガルブの婆さんと、お前、それにガルブの婆さんに弟子入りしてるファーリくらいなもんさ。多いとも少ないとも言い難いな。どんな村でも偶然三人くらい魔力持ちがいることはある」

俺の場合は、元々使い物にならないくらい少なかったのだから、実質的に村の魔力持ちはガルブとファーリの二人だろう。

村の人口から考えるともっといてもよさそうな気はするが、俺と似たようなレベルでしかない者が大半なのだろうな。

かろうじて使い物になるのが、ガルブとファーリくらいだった、と。

まぁ、そこは普通だな。

「変わった村とはいっても、そんなもんなんだな」

「そりゃ、昔のことを伝えている人間がもう、三人しか残ってないからな……ただ、悪いことじゃない。ハトハラーはあんな秘密を抱えるには小さすぎる。忘れた方がいいんだろうさ」

「そういうものか……」

考えると、いざというときによく知っていなければ対応が、とか色々あるが、たとえば国が介入してきたとして、そういう場合にハトハラーの規模で対応も何もないか。

多少強力な個人が相手だったらガルブやカピタンがどうにかするわけだ。

神銀級（ミスリル）が来たらそれはもうたとえ国がどうにかしようとしてもどうにかなるものでもないしな。

あれはほぼ天災だ。

諦めるのは良くないが、そういう心境にしかならないだろう。

「ま、その辺のことはいいさ。もう決まったことだ。今はとりあえず、《気》の話だな」

「そうだな……で、あの力は？」

俺がそう尋ねると、カピタンは言う。

「《気》には色々と使い方があるのは分かっているな。その基礎は身体強化、治癒力強化、武器強化だ。その辺は比較的簡単に身に付くし、使いやすい。ただ、俺がお前に試合のときに見せたあれは、ちょっと難易度が上がる。お前が村を出なければそのうち教えてただろうが……お前には夢があったからな。流石（さすが）に時間が足りなかった」

俺は冒険者組合（ギルド）で冒険者になれる年齢、つまりは十五になった時点でマルトに向かってしまった。

それ以上我慢出来なかったのだな。子供だ。

今もそういうところの子供っぽさは変わっていないが。

しかし、あの当時、時間がなくて教えられなかった、という技を果たして今、学んで使えるようになるのか？

ある程度、ハトハラーに滞在するつもりはあるけれど、せいぜい数週間、数か月であって、一年も二年もいる気はない。

寿命は……今の俺にはほぼないのかもしれないが、冒険者としてちゃんと活動したいしな。

今はあくまでニヴから避難して来たに過ぎない。

そう思った俺は、素直にカピタンに尋ねる。

「一体どのくらいの時間がかかるものなんだ？　教えてくれるのはありがたいけど、学ぶにしてもそんなに長くハトハラーにはいられないぞ」

するど、カピタンは、

「お前次第だな」

「っていうと……？」

「《気》の練度がどれくらいあるかだよ。幸い、その辺りには問題はないと思う。十年前、お前が駆け出し冒険者になった頃の練度じゃ、まぁ……まともに学んで一年、二年はかかりそうだったが、今なら数週間、場合によっては数日で身に付く可能性もある。今までお前が頑張ってきた結果だな」

……十年間、全く成長がなかったな、と思って生きてきたが、意外と俺は成長していたらしい。

確かに、武器に気を込める時間とか、身体強化の長さとか、治癒の効率とかは少しだけ上がってたかもな。

小手先の技術というか、《気》の量が増えなくても出来る工夫の部分はとにかくやれるだけやった気がする。

「無駄かもしれないと思ってやってきたことも色々あったけど、意外と意味があったんだな……」

しみじみ呟くと、カピタンも頷いて、

「気はな。魔力や聖気とは違う。才能よりは努力の要素が強い。ちゃんとコツコツやれば、確かに結果に結びつくもんだ。それでも……お前の場合、気の絶対量の伸びが極端に少なかったから、僅かな成長を感じるのも難しかったのかもしれないが……今のお前はそうじゃない。かなり気の量も増えているし、やれることはかなり多いだろう」

そう言った。

「それで、やり方だが……まず、見た方が分かりやすいだろう。ゆっくりやるから観察しやすいぞ」

カピタンはそう言って、《気》を体に集中し始めた。

試合のときに見せたときと同じ気配がする。

沢山の《気》が、カピタンの体の表面に凝縮されていくのを感じる。

そして、カピタンはしばらくして、ふぅ、とため息を吐くと、

「これでいい……ほれ、触ってみろ」

と言って、自分の右腕を示した。

……特に何か変わっているようには見えない。

強いて言うなら、身体強化を使っているときの気配を少し強めたような《気》の気配がする程度だ。

しかし、実際に触れてみると……。

「……おぉ。これが……」

触れてみると、カピタンの腕自体の感触ではなく、何かに一枚隔てられているような、そんな感触がする。

ばちりとした、静電気のような感じと言えばいいのか。

押し返されるような斥力がそこにはある。

試しに強く力を入れて押してみるが、押した力の分に少し力が加えられたくらいの反動があって、押し返された。

「今度は、こいつで切ってみろ」

カピタンはそう言って、短剣を俺に差し出してくる。

しっかりと研がれた実用品だ。

そんなもの、別に戦っているわけでもないのにカピタンに向けることに忌避感を感じ、

「いや、でも……」

と俺が逡巡(しゅんじゅん)していると、カピタンは呆(あき)れた表情で、

「……お前、試合のときは殺す気で向かって来てただろうが、今更何言ってんだ」

と言ってきた。

確かにそれはその通りなんだが、戦闘中というのは良くも悪くも倫理観のタガが外れるからな。興奮が理性を上回るというか……何かヤバい奴みたいだが、多かれ少なかれ戦士というのはそんなものだろう。

しかし、今は平常時なのだ。

どっちかといえば控えめな性格の俺としてはいいのかな？　とか思ってしまう。

……控えめだぞ？

俺がそんなことを考えていると知ってか知らずか、カピタンはさらに言う。

「何にせよ、本人が別にいいって言ってるんだ。この状態をずっと維持するのも結構怠いんだから、気を遣うくらいならさっさとやれ」

顔には出ていないが、意外に結構消耗するらしい。

そういうことならさっさとやるべきだろうな、と心を決めた俺は、カピタンの腕に短剣を振り下ろす。

早くしようと思っていたから、実際に短剣はかなりの速度でカピタンの腕に向かって振り下ろされた。

あ、ちょっと強すぎたかな、と思ったが、まぁカピタンだから、大丈夫だろう……。

実際、短剣はカピタンの腕に突き刺さることはなかった。

短剣は、先ほど手で押したときと同じように、弾き返されて吹っ飛んだ。

どうやら、力を込めれば込めるほど、弾き返す力も強くなる、ということのようだった。

これはいいな、と思う。

カピタンは感心しながらそんなことを思う俺に、

「……さっさとやれとは言ったが、そこまで鋭く突かなくても良かっただろ」

とちょっと睨みながら恨み言を言う。

短剣の速度から、俺が結構なガチ具合で腕に短剣を突き刺そうとしていたことを察したらしい。

だってやれって言ったじゃん、と思い、軽く睨み返すとため息を吐かれた。

確かに少し力は込めすぎたのには違いないけど。

「まぁ、いい。しかし今のでなんとなく雰囲気は分かったろ?」

そう聞かれたので、俺は頷く。

「気の……鎧みたいなものを作る技術ってことか?」

「今のはそういう利用の仕方だが、もっと一般化した言い方をするなら……気の物質化、だな。魔術にもあるだろ？　盾作ったりするあれだ」

そう言われて、なるほど、と思う。

俺が魔力が弱い頃にもなんとか少しだけ使えていた技術の一つだ。

あれは理屈さえ分かっていればそれほど難しいものではなかったのだが……。

「《気》でも同じことが出来るってことか?」

俺の質問にカピタンは少し首を傾げて、

「全く同じってわけでもないな……俺は魔術は専門外だから、ガルブの婆さんからの受け売りみたいになるが、魔術による盾は事前にしっかりとその形状なり維持する時間なりを構成した上で作り上げるものなんだろ？」

確かにそうだ。

魔術というのはなんだかんだ言って、かなり理論的な力だ。

その構成がしっかりしていなければ、すぐに失敗する。

盾の維持程度でも構成はしっかりやらなければだめだ。

「気は違うのか？」

「まぁな。こっちはもっと感覚的な力だ。理屈に沿って作り上げる、っていうよりかは感覚で摑んで操り方を覚える。だから、こう言っちゃなんだが、ずっと愚直に使いつづければ、馬鹿でも出来るようになる。頭はいらない」

物凄く身もふたもない言い方だ……。

ただ、分かる気はした。

魔術は理論であるからして、地頭の出来は非常に重要だ。

そして、頭脳が強く影響する関係で、魔術の天才というのは学問的な天才にかなり近似する。

対して《気》の使い手は……こう言っては何だが、勉強が出来れば同様に出来るようになるというわけではない。

むしろ、馬鹿が多い、と言うと怒られそうだが、有名な《気》の使い手の中には単純思考を形にしたような人物も少なくない。

それは、別に理論を組み立てて、という魔術に必要な作業が《気》の場合にはそれほど重視しなくてもいいからだろう。

もちろん、頭はいい方がいいだろうけどさ。

そういうことを考えると、カピタンは《気》の使い手にしては頭脳派かもな……言ったら怒られそうだけど。

カピタンは続ける。

「気の物質化は身に付ければ色々なことが出来る。気の形状を自由に操れるんだ。たとえば……こんなことも可能だ」

そう言って、カピタンは地面に落ちている短い枝を拾い、手に持つ。

何をするのかと思って見ていると、そこに気の力を込め、そして次の瞬間、上からはらはら落ちて来た木の葉を、ざんっ、と切り裂いた。

「……今のは」

俺が驚いていると、カピタンは説明する。

「何も触れていないように見えただろ？　だが、この枝の先には俺が伸ばした気の刃がある。それで切ったのさ」

そう言って、つつ、とその不可視の刃に触れるそぶりをした。

カピタンは俺にもその刃部分を差し出し、触れるように視線を寄こしたので、言われた通り、おっかなびっくりと俺はそれに触れる。

すると、確かにそこには何かあった。

何も見えないが、長く伸びた刀身の存在が。

カピタンは言う。

「慣れればこんなことも出来るってわけだ。形状も自由自在だ。便利だろう？」

確かに、便利だ。

というか、不意打ちに最適である。

こんな使い方を思いつくのもどうかと思うが、暗殺なんかに重宝しそうでもある。

「もちろん、欠点もある。消耗が結構激しくてな。普通に戦うなら武器にただ気を込めるだけの方がずっと楽だ。これは切り札か、最後の手段にでもとっておいた方がいいかもしれん」

先ほどからずっと、気の物質化をし続けているカピタンの額には汗が見える。

かなり消耗している、ということなのだろう。

俺よりもずっと《気》の使用に優れているカピタンをしてこれなのだから、俺にどのくらいこれが維持出来るのかは分からないが……。

カピタンは言った。

「じゃあ、とりあえずはやってみるところからだ。やり方？　叩(たた)き込んでやるからただひたすらにやれ。練習すればそのうち出来るようになる」

その顔はずっと昔に見た鬼教官の顔で、俺の脳裏には酷(ひど)い思い出が蘇(よみがえ)ったのだった。

カピタンは言った通り、俺に一通りやり方を説明した後は延々と実践をさせた。

「……よし、そのまま保ってろよ」

カピタンは、俺にそう言う。

俺の方は何をしているかといえば、先ほど教えられた気の物質化をやっているところだ。

といっても、カピタンのように全身を覆うようなことは出来ていない。

そうではなく、手のひらを覆うような形で、不格好な気の鎧を維持しているだけだ。

はっきりとは見えないが、感覚的に分かる。

本当は皮膚の上にもう一枚、皮膚を作るような感覚で出来るのが一番だということだが、俺が作っているのは皮膚一枚どころか、厚手の手袋をつけているようなものだ。

しかも、その強度は脆い。

カピタンが木の棒を持って、俺が作った気の鎧ならぬ気の手袋を叩く、という作業を何度も繰り返しているわけだが、軽く叩いたくらいでぱきりと壊れてしまうのだ。

カピタンも木の棒に気を込めて叩いているので、一般的な鉄の剣くらいの強度はある棒になっているから、そこまで捨てたものではないだろうが、それでもまだまだ強度が足りないのは当然の話だ。

……やっぱり、一朝一夕でどうにかなりそうではない。

しかし、コツコツ続けていけばまぁ、そのうちなんとかなりそうではあった。

カピタンも、

「……ま、一日目でそんだけ出来れば上出来だろうな」

と言ってくれる。

「カピタンみたいに体全体を覆う鎧みたいのが出来るようになるにはどれだけかかるのか……」

と俺が言うと、カピタンは、

「さぁな。それこそ努力次第だ。ただ、一部でも出来るようになればお前なら十分なんじゃないか？　相当目が良くなってるみたいだしな」

確かに、この体になって目は良くなっている。

反射神経も良くなったし、一部だけでも気で防御出来るようになれば、体の好きなところに盾を出すような感覚で戦えそうではある。

「……でも多用するのは厳しそうだ」

「それはそんだけ無駄遣いしてるからだ。薄くしろって言ってるのはその方が消耗が少ないからだぞ……おっと、そこ、歪(ゆが)んだぞ」

言いながらカピタンは容赦なく棒で叩いてくる。

壊れるたびに修復する、を繰り返しているのできつい。

そして、とうとう気が尽き、一切放出出来なくなった。

気を出そうとしても、何も感じられない。

それをカピタンも察したようで、

「今日のところは終わりだな。気が出なくなったんじゃ、どうしようもない。無理に出す方法もないではないが……」

「そんなものがあるのか？」

「ああ。寿命を削れば出来るぞ。普段よりも強い力も出せる。が、お勧めしない。理由は明らかだろ？」

俺の質問に恐ろしい返答をしてきたカピタンだった。

それから、ふと思いついたような顔で、

「……お前、寿命ないんだからいけるかもな？　ないよな、寿命？」

と言ってきたが、俺は首を横に振って拒否を示す。

「勘弁してくれ。寿命は……あるかどうか分からないんだから。そもそも厳密にいうと俺はなんなんだか分からない存在なんだぞ。変なことしたらやばいかもしれないだろ」

実際、切られたらすぐに治るし、眠くもならないし……という諸々（もろもろ）の特徴を考えると不死者（アンデッド）で吸血鬼（ヴァンパイア）は正しいはず、とは思っているが、確証がないからな……。

その寿命を削ってどうにかする方法を試してみて、死んでしまったらどうするんだ。

というか、そもそも……。

「カピタンはやったことがあるのか？」

「あるわけないだろ。俺だって命は惜しい。ただ、やり方については伝えられているからな。やろうと思えば出来る。教えることも可能だ」

「また物騒な技法を伝えてきたものだな……」

「いざってときはあるからな。切り札として伝える必要があったんだろ。ただ、実際に使った奴がどれくらいいたのかは分からないがな。ハトハラーにいる限り、使う機会なんてほぼない」

まぁ、転移魔法陣を守ってきたんだから、何かとんでもないのが来たときのためにそういうものを伝えておく必要はあったというのは分かる。

カピタンにそういうものが伝えられてきたのだから、ガルブの方にも何か物騒なものが伝えられているのかな……。

それをロレーヌが学んでいるわけか。

なんだか恐ろしくなってくるな。

心配し過ぎか。

そんなことを話しながら、俺とカピタンは村へと戻っていく。

「……これはまた、随分と豪華だな」
家に戻ると、そこにはすでに夕食が出来上がっていた。
村長の家であるからテーブルも大きく広いわけだが、そこには沢山の料理が並べられている。

明らかに、俺とロレーヌと両親だけが食べるため、という感じではない。

それもそのはずで、村長家には普段は見られない人数がいた。

俺とロレーヌ、それに両親は言わずもがな、そこにカピタンとガルブ、それにリリとファーリまでいる。

「……何でお前らまで」

俺がそう言うと、リリがその勝気な瞳をこちらに向けて、

「だって、ガルブおばあちゃんと、ジルダおばさんが料理を教えてくれるって言うから」

と言ってきた。

俺は眠そうな顔立ちのファーリに、

「……そうなのか？」

と尋ねると、彼女も頷いて、

「うん。そうだよ。大事な料理を教えてくれるって……」

と言いかけたところで、リリがファーリを引っ張って台所に連れていった。

「……一体何だっていうんだ？」

俺がそう呟くと、料理を運んでいたロレーヌが、

「まぁ、あまり聞かんでくれ。それより、どうだ。まぁまぁ良く出来ているだろう？」

と既に出来上がっている料理を示しながら言う。

確かに、どれも良く出来てはいる。

ただ、俺の義理の母であるジルダが作ったものではないのは分かる。

微妙に違うんだよな。

それが悪いと言いたいわけではもちろんない。

「リリとファーリが作ったのか？」

「ああ、それと私もだ。ハトハラーの伝統料理なのだろう？」

「……そうだな。どれも昔からよく出されているものだ。どの家に行ってもハトハラーなら頻繁に見るな」

といっても、どこかの村のような虫料理ではなく、普通の肉や野菜を使った料理だ。

魔物のそれも勿論(もちろん)含まれているが、虫はないな。

あったら俺はもっと虫好きになっているだろう。

どちらかといえば、苦手だ。

「味の方はどれくらいうまく出来たかは分からんが……後で感想を聞かせてくれ。マルトに帰っても作れた方が良いだろう？」

ロレーヌがそう言ったので、俺は頷いて、

「分かった」

そう言って、席についたのだった。

第六章　小鼠（プチ・スリ）

その鼠（ねずみ）にとって、世界とは弱肉強食だった。

小さく生まれたがゆえに、巨大な生き物たちに搾取され、やっとの思いで見つけた寝床ですら奪われる。

食べ物は少なく、水ですら、ろくに口にすることが出来ない生活。

生まれたときから、ずっとそうで、しかし、それでもその鼠は情を捨ててはいなかった。

——本能だったのかもしれない。

たまに、鼠はそんなことを思う。

地獄のような世界を一匹、自分だけを信じて生き残ってきた結果、鼠は他の鼠よりずっと大きく、強く育った。

もちろん、それでも鼠は鼠に過ぎない。

大きな生き物たち……人間や、魔物に対抗することなど夢のまた夢で、街の暗がりの中を駆け、彼らの残した残飯や保存庫の中の食物を奪い取ることでしか命を長らえることは出来ない。

たまに、人間に見つかり、追い立てられる。

一人や二人なら、大きく育った鼠にも対抗出来る余地はあった。

鼠は、ただの鼠ではなく、一応、魔物に分類される存在で、だからこそ、僅かながらに戦う力を持っていたからだ。

けれど、四人、五人と相手が増えれば、たとえそれが《冒険者》などと呼ばれている恐ろしく強い人間ではないとしても、逃走するほかない。

誇りなどない。

そんなもの、神は鼠に与えはしなかった。

ただ生きることこそが、鼠にとっての大事だった。

それなのに。

鼠にしては大きく、強くなった鼠を頼って、他の鼠たちが集まってきた。

数は少ない。

ほんの、三、四匹程度だ。

しかも、彼らはいずれも、他の群れから追い出された鼻つまみ者たちだった。

小鼠(プチ・スリ)の群れは非常に厳しい上下関係に支配されている。

ボスに挑み、敗北した者たちは、有無を言わさず群れを追い出される。

勝手に一匹でのたれ死ねとでも言うように、である。

酷(ひど)い話だ、と言うのは簡単だが、鼠にとって、この世は等しく地獄だ。

群れにいようといまいと、地獄は地獄に他ならない。

だから、彼らに特に同情は感じなかった。

だから、彼らを従えようとも思わなかった。

それなのに、彼らは鼠の後を懲りずに毎日ついてくる。

共に食料を探し、水を求め、人と戦う日々を過ごした。

得た食料のうち、いくばくかを群れに属せない者たちに分け与え、小さな子供がいれば大人になるまで、保護したこともあった。

鼠の成長は早い。

生まれて一週間も過ぎれば、すぐに大人になるのだ。

そして魔物としての長い生を得るわけだが、大半はすぐに死んでいく。

食べ物を得られずに、また、人間に狩られて。

鼠の暮らしはその日暮らしだ。

他の鼠のことなど考えている余裕など、普通はない。

その鼠だけが違った。

けれど、忘れてはいけなかったのだ。

鼠は搾取される側だということを。

人間たちは恐ろしく強く、簡単に鼠のことなど駆除出来てしまうということを。

それは、ある日突然やってきた。

鼠たちはそのとき、人間の作った建物の地下を寝床にしていたのだが、階上からおそろしく異様な存在感を発した者が下りてきたのだ。

見てみると、下りて来た人間は二人いて、一人は普通の少女のようだったが、もう一人が仮面をかぶったローブ姿の男で、およそ人にはありえないような雰囲気を放っていた。

それを見たとき、鼠は思った。

とうとう、自分のその日暮らしな生活にも終わりが来たのかと。

いずれ来ると思っていた終わり。

それが今、やってきたのだ、と。

鼠はその人物はおそらく、冒険者だ、と思った。

普通の人間とは明らかに違う強力な戦いの技術を持ち、鼠くらいの魔物なら簡単に討伐出来てしまう者。

巨大な魔物ですら、軽々とうち滅ぼす者もいるというそれ。

そんなものに、鼠が対抗出来るはずがなかった。

けれど、ただやられるわけにもいかなかった。

鼠は、もうただの鼠ではないからだ。

手下たちのいる、親分だからだ。

せめて、彼らが逃げる時間くらいは稼がなければならない。

そのために、自分の命が尽きようとも、それくらいは……。

親分のつもりなんて、ずっとなかった。

けれど、それでもついてきてくれた彼らのために、一度くらいは命を張るべきだろう。

鼠は、鼠より先に前に出ていこうとする手下たちに、鼠にしか理解出来ない声で指示を出し、しばらく隠れているように言って、それからその冒険者に飛び掛かった。

鼠は、鼠にしては強い。

大きく、力もある。

普通の人間くらいなら、完全に行動不能にしたりは出来ないまでも、逃げる時間を稼ぐために少しの傷をつけるくらいなら出来る。

だから、この冒険者に対してもきっと通用するはず……。

そう思ったのだが、鼠が思っている以上に、その冒険者は強かった。

飛び掛かった瞬間、鼠の動きを正確に追っているのが、その瞳の動きから分かった。

こんなことは、普通の人間を相手にしているときにはなかったことだ。

持っているナイフが、鼠の目では捕捉出来ない速さで閃く。

――あぁ、切られた。

鼠がそう思ったときにはすでに吹き飛ばされていた。

体中から力が抜けていく。

これほどまでに差があるとは、思ってもみなかった。

このまま死ぬのか……。

いや、まだだ。

鼠は諦めず、体を起こす。

せめて一矢くらいは報いたい。

そう思っての行動だった。

立ち上がり、再度向かっていく。

鼠の意地を見せるのだ。

そう思って。

すると冒険者の方も身構えたが、先ほどとは異なって、一瞬の躊躇が見えた。

なぜだろう、と思ったが、その理由を深く考えるほどの余力は鼠には残っていなかった。

しかし、そんな鼠の渾身の突進も、冒険者にとってはやはり、さしたる脅威ではなかったようだ。

今度はナイフではなく、拳が飛んでくる。

顔に当たり、歯にも命中し、再度吹き飛んだ。

鼠は、歯が相手の拳を少し削ったことを感覚的に理解したが、がっくりとくる。

その程度か、と。

それくらいしか出来なかったのか、と。

思えば、自分の鼠生なんて大したものではなかった。

何か出来るかもと思っていたけど、何も出来ず、生きることすら厳しくて……。

あぁ、死にたくはない。

もっと……。

そう思ったそのときだった。

体の奥が熱くなり始めたのは。

一体何が……。

体が、作り替えられる。

体の奥底から感じる強烈な熱さは、体内にある全てがその形を新しいものに変えていっているからだ。

そう理解するのに時間はさほどかからなかった。

なぜ、こんなことになったのか、その理由は分からない。

けれど、とにかく、こんなことで死ぬわけにはいかない。

自分には守るべきものがあり、まだ何も出来てはいないのだ。

ここで死んでは、あの冒険者が……。

抗う時間が続く。

苦しみと熱さと痛みに。

そして、気づいたら……。

あぁ、と思った。

自分は、変わってしまった、と。

自分は、あの男と……あの冒険者と繋がってしまった、と。

その事実は、出会いの不幸さから考えれば憎むべきことだったのかもしれない。

しかし、男と繋がったことで流れて来た気持ち、記憶は、必ずしも憎しみを湧き出させるような酷いものではなかった。

確かに、その男は、冒険者は鼠たちを駆除するためにここにやってきたようだが、それは鼠たちがこの建物に起居する者たちの生活を脅かしているため。

この建物が一体どういうものなのかよく理解せずに寝床にしてきたが、ここは親のない子供のために用意された場所だということが男の記憶から分かる。

つまり、鼠が鼠の子供を守るように、誰か同じような考えを持った人間が作った場所だということだ。

そのようなところに外敵がいれば、追放しようとするのは当然の話である。

だから、その冒険者の目的に怒りは生まれなかった。

それに、男の性格も繋がったことで分かった。

冒険者といえば、武器を持ち、仲間たちを狩りたてる悪魔のような存在だとずっと考えてきたが、男はそうでもないようだった。

魔物狩りを生業としていることは間違いないようだが、必要以上には狩りたてないというか、人の生活を必ずしも脅かさない魔物については見逃すことすらあるような、そんな男らしい。

もちろん、反対に、人にとって害があると認識すれば冷徹に、子供がいようと殺し尽くす冒険者らしいところはあるようだが、珍しく捕獲すれば高値で売れるが、放置しても問題ないような魔物であれば無理に倒そうとはしない。

そんな記憶がいくつも鼠に流れてくる。

男の方に、鼠の記憶が流れたかは分からないが、男も、鼠が男と繋がったことは理解したようだ。

目が合い、驚いたような表情をしている。

しかし、お互いの間を何も言わずとも意思が通じ、何を考えているかが伝わってきたので、鼠は自分が男に従うべきものになったことを伝えた。

男はそれを確認するようにいくつか指示をしてきたので、鼠はそれに忠実に従った。

といっても、無理やり命令を聞かされている、というよりは、上位者から頼まれているような感覚に近い。

断ろうと思えば断れるような、そんな感覚がした。

無理に言うことを聞かせることも出来るのかもしれないが、男はそんなことはしなかった。

そんな男の最初の指令は、この地下室を守ることで……鼠は、部下の鼠たちとその指令に従うことになった。

その日から、鼠の生活は大きく変わった。

男に従う存在になったことで、鼠の力は大幅に上昇した。

男が伝えてくるところによれば、鼠は男の血を受け、眷属（けんぞく）というものになったのだという。

その結果として、存在の格が上がり、強くなったのだと。

実際、意識すれば男の持つ膨大な魔力や気、聖気を感じ、それを利用することが出来る感覚がした。

もちろん、無理に引っ張ることは出来そうもないが、男が拒否しない限りは出来そうだった。

鼠は、男から少しだけ力をもらい、地下室を守ること、それに加え、マルトの街の小鼠(プチ・スリ)たち全てを支配下に置くことを決める。

それが男の目的に資する、と考えたからだ。

男には夢があるらしかった。

遥(はる)か高み、冒険者の最上位になること。

そのためには、ありとあらゆる情報を得られるようになることが望ましいだろう。

幸い、鼠であれば、人間の建物のどのような場所にも気づかれず入り込むことが出来る。

人の会話を聞くことも出来るし、それを男に伝えることも出来る。

それだけの能力を男から与えられた。

他の鼠たちは普通のままだから変わっていないが、通常の鼠との意思疎通は今まで通り出来るので問題なかった。

たまに、冒険者の男――レントという――の冒険についていき、一緒に戦いもして、戦闘の経験も詰んでいった。

巨大なタラスク、という亜竜と戦ったが、以前であれば即座に殺されるような存在に、鼠は一矢を報いることも出来た。

とどめはレントが刺したが、十分に眷属としての貢献は出来たと考えていいだろう。

無理に力を借り受けたのは申し訳ないと思うが、その程度でどうにかなるような存在ではないという信頼と、まずは手下である自分が特攻をすべきだという信念がそういう行為に出させた。

レントはそんな鼠を呆(あき)れたような感心したような妙な感覚で見ていたが、最後に仕方がなさそうに撫(な)でてくれたので、概(おおむ)ね悪くない行動だったと思う。

名前ももらった。

エーデル、というものだ。

名前とは人が持つ、他人と自分とを区別する特殊な記号を言うらしいが、それには意味もあるらしい。

レントの番(つがい)の女がつけた名で、高貴なる者を意味するという。

なるほど、自分は鼠の中では大きな力を持つ。

これからマルトの全ての鼠を従えていくつもりで、その未来をも予言するものなのだろう。

気に入った。

……そんな風に、レントに従えられてから、色々なことがあって、楽しかった。

マルトに生息する鼠たちも三割近くは支配し、その情報網は大きく広がった。

これからもレントに大きく貢献出来る。

眷属として、小鼠(プチ・スリ)はレントに活路を得たのだ。

だから、頑張って可能な限り情報を集めなければ……。

最近のレントの関心事は、レントと同じ冒険者のニヴ、という者、それに吸血鬼(ヴァンパイア)に関するものだった。

どちらも物騒なもので、触れるのは中々難しいようだったが、エーデルにとっては違う。

手下たちをうまく使い、色々なところから話を集めて、統合していく。

すると、手下たちの視点に見えたものがあった。

エーデルは、いつの間にか、手下たちの視覚を、別の場所にいながら借りる力をも得ていた。

その力を使って、迷宮に潜る、怪しげな人影。

それを追跡し、その先で、血を流す冒険者に噛み付く、ローブ姿の何者かを見た。

「……おや、覗きは良くありませんよ？」

そんな声が響くとともに、その者の手から火炎が噴き出て、視界は途切れた。

それは、視覚を通して繋がっているエーデルにも衝撃が伝わってくるほどで……。

頭に痛みが走り、エーデルは孤児院の地下で意識を失った。

「……ッ!?」
森で先日のようにカピタンと《気》の修行をしていると、唐突に頭痛が走った。
別に頭痛くらいたまにあってもおかしくはなかろう、これだけ厳しい修行をしてるんだし、という話になるかもしれないが、俺はこの体になってからそういった人間的な苦しみからは完全に解放

されているはずだ。

肩こりから始まり、腰痛、筋肉痛、虫歯……全ての苦しみが俺の体から去った。

そんな俺に今更普通の頭痛が襲ってくる？

ありえるはずがない。

つまり、何か理由がある痛みだ。

「……どうした？」

流石（さすが）にカピタンもおかしいと思ったのだろう。

そう俺に尋ねてくる。

俺は答える。

頭痛の先、何かに繋がっているような感覚、俺を呼ぶような、非人間的な声……。

そこから頭痛の理由を推測して。

「……たぶん、俺の使い魔に何かあったんだと思う。軽い頭痛がしたんだ」

「使い魔？　あぁ、マルトに残って情報収集しているとかいう、お前の従魔か。しかし、従魔ってやつはこれだけ離れていてもその身に起こったことを主に伝えられるものなのか？　知り合いの従魔師（モンスターテイマー）はそこまで便利なものじゃないというようなことを昔言ってたが……」

確かに、従魔師（モンスターテイマー）が従えている魔物に関してはそうだろう。

その従魔の従え方はかなりの秘密主義だが、俺のそれとは異なることは容易に想像がつく。

その効果もだ。

その気になれば、主から魔力や気を奪い取っていける従魔関係など従魔師(モンスターテイマー)の方からしても願い下げだろう。

俺の方でしっかりと絞れば防げはするが、エーデルは必要なときにだけ必要な分、奪っていく。

少々疲労がたまっても、別に無理に止めるようなものではない。

だからいいのだが……。

どっちが主従だ、なんて心の中で突っ込んでいるのはただの軽口だ。

それにしても、カピタンには従魔師(モンスターテイマー)の知り合いまでいるわけか。

顔が広すぎる。

まぁ、それは今はいいか。

俺はカピタンの質問に答える。

「俺の場合は普通の従魔師(モンスターテイマー)と事情が全然違うからな。関係が違うのも当然だろう。ただ、基本的にはここまで離れていると連絡をとったりは出来ない。街一つ分くらいなら何を伝えたいのかかろうじて分かるんだけどな」

「じゃあ、その頭痛は気のせいなんじゃないのか?」

その可能性はないではない。

けれど、俺に伝わる感覚があるのだ。

さっきまで繋がり、意識を持っていたものが、なくなったということを。

まさか、死んだということもないだろうが……いや、絶対にありえないとも言えないな。

とにかく、どうにかして無事を確認したかった。

憎らしい憎らしいと普段言ってても、やはり大切な使い魔である。

偶然とはいえ、何らかの縁があって主従関係を結んだのだ。

向こうが何が何でも俺を主として仰ぎたくない、と思っていたというのならともかく、こんな形でお別れするわけにはいかないのである。

俺はカピタンに言う。

「気のせいじゃない。ただ、どんなことがエーデルの身に降りかかったのかは……マルトまで行かないと分からない」

「……そうか。となると、マルトに帰るということか？」

「あぁ。でも馬車じゃどんなに急いでも五日はかかる道のりだからな。すぐに準備しないと……」

気の修行が中途半端で非常に残念だが、これぱっかりはな。

万全を期して帰ってみればすでにお亡くなりになっていました、じゃあ、エーデルも浮かばれないだろう。

そう思って、俺が村に戻る準備をしていると、カピタンが、

「……別に半日程度で帰れる手段がないわけじゃないぞ」

と言ってきた。

その言葉に、俺は一つの存在が浮かぶ。

「転移魔法陣か？」

マルトまで続いてるものがあるというのなら、即座に戻ることも出来るだろう。

しかし、カピタンは意外なことに首を振った。

「違う。もっと別の方法だ」

「別の方法？」

首を傾げる俺にカピタンは、

「とにかく、一旦村に戻った方が良いな。早く話した方がいい。急ぐんだろう？」

歩きながらそう言われて、俺も慌ててついていく。

何か方法があるのなら、ぜひそれを使いたい。

エーデルの身が心配だった。

「何？　エーデルが？」

ロレーヌが驚いたようにそう言った。

村についてからまず、俺たちは村長の家に来た。

そこでロレーヌがガルブから色々と学んでいるからである。

俺たちと異なって森の中でやっていないのは、魔術とはまずは理論から始まるもので、そこについては座学で学ぶしかないから、ということらしい。

俺やアリゼもロレーヌから初歩を学ぶときはそうだった。

魔術が高度になってもその基本は変わらないということだろう。

俺はロレーヌに言う。

「ああ、具体的に何があったのかは分からないが、何か異常があったことは間違いないと思う。こんなこと、今まで一度もなかったからな」

「睡眠をとっているだけ、ということはないのだな？」

であれば、全く繋がりが感じられないのも一応説明がつくと考えての言葉だが、俺は首を横に振って答える。

「あぁ。違う。ただ普通に睡眠をとっているだけなら、頭痛なんてないんだ。あいつも俺の眷属になって休憩はあまりとらなくても平気になってたみたいだが、それでも一応、習慣か一日に一、二時間くらいは眠っていたからな。そういうときはすっと繋がりが静かになるような感じで……。なんていうかな、今回は無理に引き裂かれた感じというか」

これぱっかりはうまく説明が出来ない。

こんな経験をしている人間など、中々いないからだ。

もしかしたら従魔師（モンスターテイマー）にならら理解してもらえるのかもしれないが、俺にはそんな知り合いはいない……。

ロレーヌは俺の言葉に頷（うなず）き、言う。

「そういうことなら、早くマルトに戻らなければな。仲間の危機だ」

ペット程度の扱いかと思っていたら、結構立場は高かったようである。

俺もそれくらいの認識があるので、ちょっと嬉しい。

俺も頷いて答える。

「ああ。そうだな」

「しかし……馬車で戻っても五日はかかるぞ。転移魔法陣がマルトに繋がっていればいいのだが……まだ確認出来ていないし、あるかどうか……」

ロレーヌもまた、移動手段についてすぐに頭に上ったようだ。

これに対し、カピタンが言う。

「いや、それにはちょっとした方策がある」

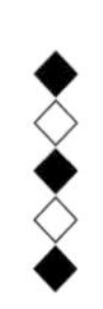

「方策？　それは一体……」

首を傾げるロレーヌ。

するとカピタンは彼女の方ではない方向に顔を向け、言う。

「インゴ。頼めるか？」

彼が声をかけたのは、俺の義理の父であり、村長でもあるインゴ・ファイナだった。

頼めるかって……インゴに何か出来るのか？っていうのも酷い話だが、何も想像が出来ない。

村長だから村での権威くらいはあるだろうが、それくらいじゃないのか？

そんな俺の視線を理解したのか、インゴは、

「……レント。私だとて、カピタンやガルブと同じ、この村の歴史を伝えるものだぞ。それなりにな……」

と呆れたように言った。

若干の悲しみというか、息子に頼りになりそうもないという目で見られている失望が見える。

ちょっと申し訳ない気分になった。

別に尊敬していないというわけではないのだが、この場面において何か出来るとは思えなくて……。

ちなみに、この場には今、俺とカピタン、ロレーヌにガルブしかいない。

母ジルダは村の女性たちと井戸端会議に出かけていて、リリとファーリは狩人と薬師の修行中らしかった。

指導者たるカピタンとガルブがいなくていいのかという気もするが、狩人の方は他にもカピタンの部下たちがいるし、薬師の修行の方は下拵え的なことをしているに留まるようで別に大丈夫らしい。

つまり、ここには事情を知る人々しかおらず、色々言っても問題ないわけだ。

「《国王》だったっけ？　でもカピタンやガルブみたいに特別な技能を伝えられてるってわけじゃないんじゃ……」

《魔術師長》とか《騎士団長》といった分かりやすい役職を持っているガルブとカピタンが魔術や戦闘技術について特別な技を伝えられてきたのは分かる。

が、《国王》がそういったものを伝えられる、とは……。

知識とか歴史とか、そういうものを他の役職持ちより沢山伝えられてる、とかそんなものでは、という気がしていた。

しかし、インゴは言う。

「確かに、カピタンやガルブのような気や魔術の使い方は私には出来ん。ただ、その代わりというわけではないが、特殊な技術を伝えられている。話を聞くに、お前たちはマルトに出来る限り早く戻りたいのだろう？　そのために、私に伝えられてきたそれが役に立つ」

「一体それは……？」

「見れば分かる。それより、もう準備はいいのか？」

俺の質問に、インゴはそう尋ねてきた。

俺が、

「もうマルトへ行けるのか？」

そう尋ねると、インゴは頷いて、

「あぁ。急いでいるんだろう。忘れ物がないように気をつけるといい」

そう答えたのだった。

「本当にこっちでいいのか……？」

森の中を歩きながら俺がそう尋ねると、インゴは答える。

「ああ。間違っていないぞ」

「しかし、こっちには何も……」

転移魔法陣のある遺跡の方向からも離れているし、どこに向かっているのかさっぱり分からない。

横を歩いているロレーヌも怪訝そうな顔だが、

「……お前の親父殿なんだ。信じるしかあるまい」

そんなことを言っている。

別にインゴに俺に嘘を言う理由も意味もあるとは思っていない。

だから問題ないだろうが、全く先が読めないので不安だった……。

とはいえ、俺たちには黙ってついていくことしか出来ない。

仕方なく黙々と歩いていると、

「……よし、ここら辺でいいだろう」

インゴがふと立ち止まってそう言った。

そこは、北の森の中にあって、木々が避けるように開いた広場だった。

たまにこういう場所はあるから別におかしくはないが、しかしこんなところで足を止めて一体何が……。

そう思っていると、インゴが口元に指を持ってきて、

――ピィーッ！

と、指笛を吹いた。

「……何やってるんだ？」

俺が首を傾げてロレーヌにそう言うと、ロレーヌは、

「……まさかとは思ったが、おそらくこれは……」

と何か心当たりがある様子だった。

それから、周囲をきょろきょろと見渡している。

何だ何だ、と俺だけ首を傾げていると、突然、空から風が吹いてきた。

「……何だ？」

そう思って上を見てみると、そこには……。

「……竜？」

大きな翼を羽搏（はばた）かせる竜が、下りてくるところだった。

しかし、俺の台詞（せりふ）にロレーヌが注釈を入れる。

「いや、あれは竜は竜でも、亜竜だ。タラスクの仲間だな……流星亜竜リンドブルム」

リンドブルム、というのはロレーヌが言った通り、亜竜の一種である。

ただ、亜竜といっても侮れる存在ではなく、倒すのにはやはりタラスクと同様、冒険者ランクで

いうところの金や白金級(プラチナ)が必要になってくる存在だ。

そんなものがなぜ……。

そう思っていると、インゴが言う。

「……《国王》に受け継がれたのは、リンドブルムなどを初めとした、普通なら手懐(てなず)けることが出来ないとされる魔物を従える技術だ。おそらくは、いざというときに《国王》だけでも逃げられるようにということだろうが……他の二人より勇ましさに欠けて申し訳ない気分になるな」

「つまり、父さんは、従魔師(モンスターテイマー)？」

「今風に言うとそうだ」

カピタンが知り合いの従魔師(モンスターテイマー)がどうこう、と言っていたが、あれはおそらくインゴのことを言っていたのだろう。

これだけ近くにいれば色々と聞けるよな……。

しかし、リンドブルムを従えるか……。

上位の亜竜を、従魔師(モンスターテイマー)が従えたなんて話は聞いたことがない。

そんなことが可能なのか……。

俺が思っていることが表情から理解出来たのか、ロレーヌが、

「人間の従えられるのは小型の飛竜が限界と言われているが……こうして実際に従えているのだから出来ると言うしかあるまいな」

そう言ってインゴとリンドブルムを見た。

インゴは地面に着地したリンドブルムの鼻先を撫でている。

リンドブルムは非常に機嫌良さそうに、インゴに頭を擦りつけていて、なるほど、確かに完全に従えているなと分かる様子であった。

ロレーヌは続ける。

「しかし、これなら確かに半日あればマルトまで戻れる。馬車で五日かかる距離も、空を飛べればひとっ飛びというやつだ。リンドブルムの飛行速度は流星や雷に譬(たと)えられることもあるほどであるし……」

リンドブルムに乗っていけると言うのならその通りだろう。

心配があるとすれば、果たして俺たちが乗れるのかということだが……。

俺は尋ねる。

「父さん、そいつにマルトまで乗せてってもらう、ってことでいいんだよな？」

「ああ。私の言うことなら聞くからな。覚悟はいいか？」

そう尋ねたインゴに、俺たちは頷いた。

リンドブルムに乗ってマルトに行くのはいいとしてだ。
いざ乗るとなると緊張する。

父であるインゴはもう既にその背に乗って、慣れた様子でどこかから取り出した手綱をかけているが……。

「……緊張してもしょうがあるまい。完全に野生のリンドブルムだというのなら警戒すべきだろうが……こいつはきっちりインゴ殿に従えられているのだ。問題ないだろう」

ロレーヌがそう言って、俺よりも先にリンドブルムに近づき、それから鱗を撫でて、その背に上っていった。

俺の百倍度胸がある。

「レント、結構悪くない景色だぞ！　早く来い！」

リンドブルムの背中から俺にそう声をかけるロレーヌである。

そう言われて行かないわけにもいかず、俺はリンドブルムに近づく。

近くに行けば、その細かいディティールが明らかになる。

てらてらと輝く鱗、縦長に瞳孔の走った瞳、ギザギザとした歯と牙の覗く大きな口に、蝙蝠の飛膜を巨大化し、頑強にしたような翼。

全てが巨大で、およそ人に従うような存在には思えないが、実際にインゴはこれを手懐けているのだ。

一体どうやっているのか分からないが、古代の人間というのはそういうことすらも可能とする技術を持っていたということなのだろう。

なぜ滅びたんだろうな？

分からないが……とりあえず登らねば。

そう思ってさらに近づき、リンドブルムの肌に手をかける。

ざらっとした感触がするが、ちょうどいいデコボコ感で登りやすい。

俺が登っている間も、リンドブルムは大人しくしていた。

慣れているのだろう。

そして、登り切ると、確かにロレーヌの言う通り、見晴らしがよく見える。

いつもよりかなり高い視線になるからな。

とはいえ、周りにあるのは森だけなので、そこまでの感動はないが。

そもそもこれから空を飛ぶのだから、そっちの方がずっといい景色だろう。

「よし、乗ったな。振り落とされないようにしっかりと摑まっていろ。急ぐからな」

そう言ってインゴが手綱を引っ張ると同時に、リンドブルムの翼がバサバサと音を立てて空気を叩き始めた。

徐々に空へと昇っていく巨体。

見える景色が少しずつ高くなっていく。

森の木々の間を抜け、北の森全体が見えてきた。

遠くにハトハラーの姿も見えたところで、

「……おっと、そうだった。ロレーヌ殿。このリンドブルムが下から見えないように認識阻害の魔術をかけてもらえないか？　出来るだろう？」

と、インゴが思いついたように言う。

リンドブルムが空を飛んでいる姿は稀ではあるが、空を見上げているとたまに見る光景である。

しかし、その口に手綱が噛まされていて、かつ背中に数人乗っているとなればまず見ない。

もちろん、遥か上空を飛ぶリンドブルムを地上からそこまではっきりと見ることなど普通は出来ないが、冒険者などの中にはちょっと普通では考えられない技能を持つ者がある程度いる。

恐ろしいほどの視力を持つくらいの者は、むしろその辺に転がっていると考えた方がいい。

となると、下から見ても気に留められないように対策をしておく必要がある。

これにロレーヌは、

「……別に構わないが、いつもはどうしてるんだ？」

言いながら魔術を構成し始め、そしてすぐに完成させてしまった。

インゴはそれを確認しながら答える。

「滅多に乗ることはないが、必要な場合にはガルブに頼んでいる。そのガルブが、ロレーヌ殿なら一通りの魔術は使えるという話だったのでな」

「つまり丸投げか……あの人は……」

呆れたような表情をするロレーヌだが、ガルブは元々そんな性格である。

「ガルブについては気にするだけ無駄だな。あの人には村の誰も逆らえん……」

村一番の権力者であるはずの村長が言うからには、本当にそうなのだろう。

生き字引で、村の秘密を知る一人であり、強力な魔術師で、かつ薬師でもある……なるほど、村で逆らったらありとあらゆる意味で終わるなという感じであった。

それから、インゴは、

「では、そろそろ速度を上げるぞ。空気抵抗についてはリンドブルムが魔力でもって防いでくれるからそれほどではないが、それでも揺れはする。振り落とされないように気をつけろ」

そう言って、手綱を引っ張る。

すると、リンドブルムは翼を羽搏かせ、進み始めたのだった。

とてつもない速度でリンドブルムは空を駆ける。

こんな光景など一度たりとも見たことがなく、感動が胸を突く。

飛空艇に乗れば見られる景色なのかもしれないが、そんなものに乗れるような身分じゃないからな……。

まぁ、身分というよりは財力の問題だが、そもそもいくら乗りたいと思ってもヤーランにはない。

帝国にはあるから、ロレーヌは乗ったことがあるかもしれないが……。

ただ、このリンドブルムからの景色にはそんなロレーヌすら感動しているようだ。

「これは素晴らしいな。ここまでの高空を飛ぶのは通常の飛竜では厳しい。滅多に出来ない経験だ……」

飛竜も単体でならそれなりの高度は飛べるようだが、それでも長い時間は飛べない。

外気温の変化に弱く、あまり高空を飛ぶと落ちるらしい。

対してリンドブルムにはそういった問題はないようだ。

さきほど、インゴが魔力によって空気抵抗をなくしてくれている、みたいな話をしていたが、体温についてもそのような手段で解決しているのかもしれない。

それか、元々気温の変化に強いとか?

その辺りについては俺は専門家ではないから何とも言えないが……問題がないならいいか。

実際、寒さもあまり感じられない。

とはいえ、元々俺は色々感じにくい性質になってしまっているのであれだが、ロレーヌも特に寒そうではない。

ロレーヌも冒険者であるから普通より遥かに強靭な体を持っている、とも考えられなくはないが、インゴも寒そうではないし、大丈夫ということだろう。

インゴは確かに村長で、リンドブルムを従える特殊な技術を持っているのかもしれないが、体は普通のおっさんだからな。

流石にそれは身のこなしから分かる。

リンドブルムに登るときもしっかりと中年男性の動きだった。

「半日もあればマルトにつく。それまでは景色を楽しんでくれ」

インゴはそう言って、手綱を強く握り、前を見据えたのだった。

「……？　何だ、あれは」

　ロレーヌがそんな風に怪訝そうな声を上げたのは、リンドブルムがマルトにかなり近づいたときのことだった。

　ロレーヌの認識阻害魔術の効果で、ここまで全く地上の人間に見つかることなく来られたわけだが、それは辺りが暗くなっていることも大きく影響しているだろう。

　認識阻害も万能ではなく、そこそこの魔術師がしっかりと注意を向けて見れば分かってしまうこともあるものだ。

　ただ、この暗闇の中で空を見上げてその違和感に気づき、かつ高速で飛翔（ひしょう）するリンドブルムに焦点を合わせて看破のために魔術を行使するのは至難の業である。

　見つからなくて当然と言えた。

　そんな俺たちはマルトに到着するまで気分よく空の旅を楽しんでいられたのだが、ことここに至って、そんな気分は吹っ飛んだ。

　なぜなら、声を上げたロレーヌの目を向けた方向、そちらには、夜にもかかわらず、煌々（こうこう）と輝く都市の姿があったからだ。

　魔力灯（ライト）の力でもって光り輝いているわけではない。

あの色はそんなものではない。

魔力灯の灯りは、もっと暖かで色素の薄いものだ。

そうではなく、マルトは今、赤に近い朱色に輝いていた。

あれは明らかに……。

「燃えている……!?」

そう、それは、燃え盛る火炎の色だった。

といっても、マルト全てが、というわけではない。

ところどころから火の手が上がっている、というくらいだろう。

しかしそれでもその数はかなり多い。

マルトの建物はレンガ造りや石造りのものが多いが、木造のものもそれなりにあり、放置しておけば都市全体に広がりそうなほどであった。

おそらく、今マルトでは水属性魔術を使える魔術師たちが魔力回復薬を握り締めて走り回っているところだろう。

「一体何が起こっているんだ……?」

俺がそう言うと、ロレーヌは首を横に振る。

「分からないが……とにかく、消火活動には協力せねばなるまい。レント、お前は水属性魔術は大して使えないから、街で情報収集をしてくれ。こうなると、エーデルの行方が分からないことも何かあってのことだと考えざるを得ない」

全く水属性魔術を使えないというわけではないが、消火活動に使えるほどこなれているかと言われるとそれは全くだという話になる俺である。

消火活動はよく分かっていない素人が余計なことをするとかえって酷いことになるからな。

俺には協力することは難しいだろう。

その点、ロレーヌは十分な実力を持つ魔術師であるし、こういうときの振る舞いもよく分かっているはずだ。

その役割分担は正しい。

エーデルについてもロレーヌの言う通りだ。

ただ、眠っているだけ、ということは流石にないとしても、それほど大きな問題に巻き込まれたというわけではなく、少し無理をして気絶した、くらいの可能性は考えられなくもなかった。

けれど、彼の様子を見に戻って来たらこの有様である。

エーデルが何らかの問題に巻き込まれている可能性はかなり高いと考えた方が良い。

事情も知っているかもしれず、彼を出来る限り早く見つける必要がある。

幸い、ここまで近づいて微弱ながらエーデルの気配は感じつつある。

死んでいるというわけではなさそうで、とりあえずその点は安心出来そうだ。

「そうだな……分かった。父さん、マルトの近くに下りられるか？」

俺がそうインゴに尋ねると、

「ああ。ただ、あまり近くに下りるとこの様子だと色々と勘繰られる可能性があるからな……あの辺りでいいか？」

と、マルト近くにある森の中を示される。

確かに、認識疎外をかけているとはいえ、空と地上という距離でなくなれば看破される可能性は高くなる。

そしてこんな状況の中で、リンドブルムなどという存在に乗って現れたと知られれば、色々と問題視され、怪しまれる可能性も高いだろう。

幸い、マルトまでは十分もあればつきそうな距離であり、問題はなさそうなので、俺たちは頷く。

「頼んだ！」

そう言うとインゴは頷いて、リンドブルムの手綱を強く引いたのだった。

「……私も何か手伝えればいいのだが……」

リンドブルムから俺とロレーヌが降りていると、インゴが申し訳なさそうにそう言った。

しかし、別にいいのだ。

「父さんはここまで連れてきてくれたろ。それで十分だ。それに何が起こってるのかよく分からないからな……手伝うといっても、何が何やら……」

それが正直な気持ちであった。

そもそも能力的にも従魔師（モンスターテイマー）としては大したものかもしれないインゴだが、戦闘技能とか身のこなしとかは普通の中年親父である。

そんな彼に今の燃え盛るマルトの中で活動させては死ぬ可能性もある。

得難い能力を持つ彼に、そんな危険を踏ませる意味はないだろう。

ガルブかカピタンを連れてくればよかったな、と思うが今更な話でもある。

「……そうか。まぁ、色々落ち着いたらまた村を訪ねるといい。私はこのまま戻ることにしよう」

インゴがそう言った。

ここにこれ以上いても特に何もすることがないのだからそうした方が良いだろう。

下手に残って見つかってはまずいからな。

俺とロレーヌも頷く。

ロレーヌはリンドブルムに認識疎外をもう一度かけた。

一度かければ看破されない限りはある程度の時間保つとはいえ、ここまで来るのにそれなりの時間がかかっている。

一応、そうした方がいいだろうという配慮だった。

インゴは、

「ロレーヌ殿、すまない」

と頭を下げる。

「いや、構いません。それでは、村の方々によろしく」

「ああ、貴女も……息子をよろしくお願いします」

「もちろん」

ロレーヌがそう言って頷いたので、俺は、

「別に俺は子供じゃないんだが……」

と横で言ったのだが、二人に怪訝な目を向けられた。

そんなに子供っぽいか、俺は。

「……それはともかく、マルトに急ごう」

ロレーヌがそう言ったので、俺もそれには頷き、

「ああ、そうだな。それじゃあな、父さん」

と手を挙げると、インゴの方も頷いて、

「あぁ。死ぬなよ」

そう言って、リンドブルムと共に空に飛びあがった。

それを確認して、俺とロレーヌはマルトに向かって走り出す。

一体何が起こっているのか。

とりあえずはそれを確認しなければと思いながら。

マルトに入ると、そこは阿鼻叫喚だった。

火炎の熱が街を炙っている。

俺たちに向かって熱風が吹き付け、その中を街の人々が走り回っていた。

「おい、何があった!?」

逃げ惑う人々の中から、屈強そうな男を選んでそう尋ねてみるも、

「あぁ!?　知るかよ!　気づいたら街が燃えてたんだ!　冒険者の奴らがさっきからそこら中走り回ってるからそいつらのが詳しいんじゃねぇのか!?」

そう叫び返されて腕を振り払われた。

どうやら街の一般人にとっては唐突に起きた災難、という認識らしいな。

「とりあえず、冒険者を探そう。消火活動をしてる奴がいるはずだ」

ロレーヌがそう言って走り出したので、俺もそれに頷いてついていく。

「水を出せ!　こっちだ!　延焼するぞ!」
火炎の激しい区画に進むと、やっと冒険者と思しき一団を発見する。
指示を出し、また水属性魔術を放っているところから見ると消火活動をしている魔術師たちのようで、やっと事情が聞けそうだと安心する。

「おい！」

「何だ!? 忙しい！ 話しかけるな！」

怒号が即座に返ってくるも、これくらいは俺にしろロレーヌしろ慣れっこである。

冒険者ってみんな殺気立ってるときはこんなもんだからな。

びびるようならやっていけない。

「俺たちは冒険者だ！ こっちは魔術師で、消火活動にも加われる！ 簡単な説明をくれ！」

そう言うと、あからさまに視線の性質が変わり、

「今はどこも手が回ってねぇ状況だ！ ここは俺たちでなんとか出来るから、消火に加わるなら正門近くを頼む！ あの辺が落ちたら避難も出来ねぇ！ それと状況だが、魔物だ。魔物が火をつけた！」

「魔物？」

「ああ、詳しく知りたいなら冒険者組合（ギルド）に行け。その辺の対策もあっちでやってるはずだ……おい！ そっちじゃねぇ！ もっと右に水をやれ！」

流石にこれ以上は邪魔だろう。

俺はロレーヌと顔を見合わせ、

「すまなかった。ありがとう！」

答えてくれた男にそう言って、別方向に走り出す。

俺が向かう場所は冒険者組合（ギルド）だ。

ロレーヌはもちろん、正門だ。

確かにあの辺りには魔術師はさほどいなかったからな。

火の手があまり上がっていなかったというのもあるが、徐々に火炎が大きくなり始めているから心配だということだろう。

ロレーヌがいればなんとか守り切れるはずだ。

俺はしっかりと状況を把握することに努めよう。

「まだ見つからねぇのか!?」

冒険者組合（ギルド）に入ると同時に、そんな怒声が聞こえてきた。

声の主は、言わずと知れたマルト冒険者組合長（ギルドマスター）ウルフ・ヘルマンである。

珍しく一階で周囲を冒険者組合（ギルド）職員に囲まれながら指示を飛ばしているようだ。

慌ただしく冒険者たちが出入りしており、緊急事態なのは間違いなく分かるが……。

「ウルフ！」

俺がそう言って駆け寄ると、ウルフは驚いた顔で俺を見つめ、

「レント！　お前……ちょうどいいところに来た。ちょっとこっちに来い！」

と言って思い切り引っ張られる。

どこに向かうのかと思えば、冒険者組合長(ギルドマスター)の執務室だった。

扉の外に誰もいないことを確認した上で、ばたり、と扉を閉めて、部屋の端っこで俺に向かってウルフは耳打ちするように言う。

「……おい、今回の、お前は関係ねぇよな？」

そう言ってきたので、首を傾げて、

「何の話だ？　俺はたった今ここに戻ってきて面食らってるんだぞ！　状況を説明してくれ！」

そう言い返すと、ウルフは安心したように頷いて、言った。

「ああ……そうだな。と言っても、冒険者組合(ギルド)の方でも細かく把握出来てるわけじゃねぇんだが……吸血鬼(ヴァンパイア)だ。吸血鬼(ヴァンパイア)の群れが今、この街で暴れまわってる。町全体に火をつけながら、な」

それを聞いて、俺は驚いた。

そしてウルフの言葉の意味も理解した。

俺が関係ない、というのは、俺という吸血鬼(ヴァンパイア)が何か関係していないのか、という意味だったのだ。

勿論(もちろん)、何の関係もないが、そんなこと分かるのは俺だけだ。

それなのに、俺の言葉を信じてくれたらしいことに感謝の念が湧き出てくる。

まぁ、そうはいっても完全に疑惑を排除したわけではないだろうが、とりあえず説明する気にはなってくれているのだから問題ない。

一応、俺も自身の潔白について言及しながら色々と尋ねる。

「吸血鬼(ヴァンパイア)って……街で確認したのか？　勿論、俺は関係ないぞ」

「まぁ、お前がこんなことしても何か得があるとも思えねぇしな。もうそれは分かった……街に火をつける吸血鬼（ヴァンパイア）だが、確認出来ているのは最下級種だけよ。つまりは、屍鬼（しき）だ。今のところ見つかってるのは十体前後だが、この調子だと百体単位でいるかもしれねぇ。一体どこに隠れてたんだか」

屍鬼（しき）か。

ちょっと前まで俺はそれだったわけだが、一般的に屍鬼（しき）は吸血鬼（ヴァンパイア）に人間が血を吸われ、かつその際に吸血鬼（ヴァンパイア）の血を少量与えられると変異する存在だ。

見た目は朽ちた人間そのもの……屍食鬼（グール）よりかは上等な見た目だが、以前の俺の姿を想像すれば分かるが、普通の人間と比べればどう見ても死体でしかない。

「そいつらが火をつけてたのか？」

「ああ。そこら中にな。といっても、最初は人間にしか見えなかった。魔術で顔だけ擬態してたようでな。体の方は長袖を着てればほぼ分からん。いつから街に紛れたのか……考えるだけで恐ろしいことだ」

「屍鬼（しき）なら、下級吸血鬼（レッサーヴァンパイア）と違って、血もそれほどいらないか……」

「そうだな。一応、血も飲むようだが、基本的にあいつらは悪食だ。犬だろうが猫だろうが虫だろうが死体だろうが食っちまう。結果、一番街で増えやすい吸血鬼（ヴァンパイア）系統の魔物だ。下級吸血鬼（レッサーヴァンパイア）であればかなりの血を必要とするから増えればすぐに分かるんだがな……」

低級であることが必ずしもデメリットにはならないという例であろう。

とはいえ、それは屍鬼(しき)にとっての話で、俺たちにとっては最悪のデメリットであるが。

「ともかくだ。冒険者組合(ギルド)としては今、総出で屍鬼(しき)と、おそらくはそれを作り出した吸血鬼(ヴァンパイア)がこの街にいると仮定して大捜索を行っている。お前も参加しろ」

番外編　貴族の神託

「……それじゃ行って来るが、大丈夫か？」

俺がそう言うと、リビングのベッドの上から手が伸び、ゆるゆると振られるのが見えた。

ロレーヌの手だ。

昨日の夜は随分と飲み過ぎて、この有様である。

普段であれば二日酔いなど滅多にならないうわばみであるロレーヌだが、研究が詰まってきてろくに睡眠もとっていない状態で飲み過ぎるとたまにこうなる。

おそらくは俺しか知らないだろう、彼女の性質だ。

知ったところで何の意味もないが。

立ち上がったり口を開いたりすれば何かを戻しそうだからと手だけで意思を示したロレーヌに、俺は言う。

「……一応具なしのスープと粥を作って置いておいたから、体がマシになったら食べてくれ。じゃあな」

それに対しても腕が上がり、さっきとは異なる調子で揺れた。

ありがとう、ということだろう。

まぁ、この調子なら昼までにはある程度回復しているだろうし、問題ないか。

それを確認した俺は、家の扉を開き、一人で冒険者組合（ギルド）に向かった。

ロレーヌのことがあるから、あんまり今日は遠出するのはやめておこう。

そんなことを思いながら。

「……それにしても、こんな辺境にわざわざロビスタ伯爵閣下がいらっしゃるなど、意外ですな」

そろそろ都市マルトへと到着しそうな馬車の中、そう壮年の男に声をかけたのは、同じ馬車の中、差し向かいに座っている男だった。

男が話しかけた壮年の男性であるロビスタ伯爵は、カーティス・ナル・ロビスタといって、王都近くの土地に広大な領地を有するヤーラン王国でもかなり有力な貴族だった。

そしてそんな伯爵に気安い口調で話しかける男は金級冒険者であり、ロビスタ伯爵が雇っている用心棒のヘイデン・ウォーという男だった。

伯爵ほどの貴族がマルト、などという中央からすればとんでもない田舎に向かうにあたって必要な護衛である。

少しばかり値は張ったが気のいい男で、しかも強い。

現にここに辿（たど）り着くまでかなりの魔物に襲われたが、たった一人であるにもかかわらず、ヘイデンは全て片づけていた。

勿論（もちろん）、魔物だけでなく盗賊の類も襲ってきたが、やはりいずれもヘイデンは軽々と屠（ほふ）ってしまった。

金級冒険者、というのは王都でも一流の冒険者のみが持っている称号だが、今ではなるほどそれだけの実力があるのだなと伯爵は深く理解している。

また、腕っぷしだけでなく目端が利くところもあって、可能であれば召し抱えたいと告げたのだが、自分には自由が合っているからと既に断られていた。

といってもそれで雰囲気が悪くなるということはなく、むしろ自分に対しここまではっきりとものを言えるヘイデンの性格に気持ちよさを感じ、今では友人のような気安さすら覚えている。

伯爵はそんなヘイデンに言う。

「言っただろう？　マルトは確かに田舎だが、よくよく情報を仕入れてみれば中々面白い土地だったとな。特に最近……というか、ここ五、六年はここからうちの領地に入ってくる素材の質がかなり上がっている。知っての通り、我が領地は医薬産業が盛んで、それが収入の大半を占めているからな。薬草の類の品質の上下は我が領地の経済に大きく影響する。だからこそ、ロートネル子爵に頼み、現地での視察を申し入れたわけだ……何か実りがあるといいのだが」

ロートネル子爵はマルト周辺を治める貴族で、かなり古くから存在する家だ。

ただ、その存在感は薄く、王都でも特に名前は聞かない。

その割にヤーラン国内で権力闘争が起こったときなどでも、なぜか平穏無事を保ちつづけている妙な家でもあった。

そういった発言力の弱い家はどこかに抱き込まれて酷いことになり、そのうちお取り潰しに、などという経緯を辿るのが普通なのだが、そうはなっていない。

伯爵が実際にロートネル子爵に会った印象を言えば、実に平凡な男だ、というものだったが、あれが擬態だとすると、もしかしたら見かけよりもずっと恐ろしい人物なのかもしれない。

ただ、伯爵の頼みにも好意的に対応してくれたし、マルトでの案内も自ら買って出てくれた。

信頼出来るかどうかはともかく、友人付き合いをするには好ましい男だ、とも感じた。

それだけでも、こんな田舎まで足を運んだ甲斐がある。

けれど、目的はそれだけではないのだ。

「ま、伯爵閣下はご存じないでしょうが、辺境じゃ、都会では聞いたこともないような素材があったりするのは結構よくあることですからな。そういう意味じゃ、楽しいところだと思いますよ」

「お前から見てもそうか？」

「ええ。俺も王都にいた方が依頼に困らないんで今の拠点は王都なんですが、ただ楽しく過ごすなら辺境の方がいい。そういう奴らは少なからず冒険者にはいますから、意外と出来る奴もいたりね」

「ほほう……では、私が召し抱えるのに良い者もいるかな？」

「どうでしょうな。礼儀の方はなっちゃいねぇ奴らばかりですから、お貴族様にはちょっとお勧め出来ないかもしれませんぜ？」

「それはそれで面白そうなのだが」

その日、伯爵は人が自分のテーブルの上に吹っ飛んでくる、という経験を初めてした。

金級冒険者ヘイデンはマルトに何度も訪れたことがあり、到着して宿が決まると同時に、お勧めだ、という酒場に案内してくれたのだが、そこでゆっくり二人で飲んでいたら突然そんなことが起こったのだ。

といっても、伯爵に怪我はない。

なぜなら吹っ飛んできた人物は伯爵にぶつかる直前、ヘイデンによって片手で摑まえられ、投げ返されたからだ。

そして、逆の方にいた別の冒険者に、同じく片手でキャッチされ、地面に転がされた。

一部始終を見ていた伯爵は、

「……マルトとは恐ろしいところだな……」

そう呟いたが、ヘイデンは笑って、

「面白いところの間違いでは？　と、冗談は置いておきますか。まぁ、日常だとまでは言いませんが、見ての通り、王都ほどお行儀が良くはないですな。その代わり退屈はしません」

「そのようだ……しかし、なぜ今の者は吹っ飛んできた？」

「つまんない喧嘩じゃないですかね……見てましたでしょ？　細かい事情までは流石に遠くて聞こ

えませんでしたが……おっ、どうやら事情を説明してくれそうな奴がこっちに来ますぜ」

確かにヘイデンがそう言って視線を向けた方向から、仮面をつけた怪しい人物が歩いてくる。

見ればさっきの者をヘイデンからキャッチして地面に転がした者だった。

「……悪かったな。ダメにした食い物や酒は弁償するよ。もう頼んであるからすぐに来る」

そう言った男に、ヘイデンが豪快に笑いかける。

「別にあんたが弁償しなくてもいいんだぜ……あんたがあいつを吹き飛ばしたわけじゃないだろ？　何せ、やった奴はあんたがすぐに転がした」

そうなのだ。

さっきの者は喧嘩している中で相手から思い切り殴られこちらに吹き飛んできた。

そして殴った奴の方はその瞬間は満足げな顔をしていたが、即座にこの仮面の男に気絶させられ地面に転がされていた。

恐ろしい、と伯爵が言ったのはそれを見ていたのもある。

とんでもない使い手が普通にその辺にいるものだな、とそう思って。

「まぁな。だが、あいつは俺の知り合いだ。飲むまではああじゃなかったんだが……どうも飲み過ぎたみたいでな。馬鹿みたいなことで喧嘩を始めてこんなことに……すまなかったよ」

「別にいいさ。冒険者ってのはそんなもんだ」

「ということは、やっぱりあんたも？　見るからに凄まじい使い手だもんな。こっちの方は……おっと、これは。大変失礼いたしました。貴族の方だとは露知らず、ご無礼を……」

仮面の男はそう言って、静かに頭を下げ始める。

伯爵の今の格好は、どこにでもいる旅装姿なのに、即座に貴族の身分を見抜いてのその態度に驚く。

確かに見る者が見ればすぐに分かるようなところは存在しているのだが、まさかこんな辺境の土地でこうまで軽く見抜かれるとは思っていなかったのだ。

しかも、周りには察せられないようにかなり音量は抑えられており、実際、周囲の者たちは先ほどの喧嘩が招いた喧騒（けんそう）のせいでまるで気づいた様子はなかった。

加えて伯爵が、

「……いや、今はお忍びで来ているのだ。そのような態度は困る……」

と言うと、仮面の男はすぐに、

「で、しょうね。ではこれくらいでいかがですか？」

と、ヘイデンよりは若干礼儀に適（かな）っているくらいの態度に変え、言葉遣いも普通の初対面同士がするものへと変えた。

その一連の流れだけでも、かなりものの分かった人物であることが分かる。

伯爵は冒険者というものに対する感覚が大きく変わっていくのを感じた。

ヘイデンもそうだったが、ここまで目端の利く者は少ないのだ。

それは貴族の中でもである。

それなのに一般的には野卑で荒くれ者ばかりだとされている冒険者にこうして二人もいるとは実

に驚きだ。

　伯爵はそんなことを考えつつ、仮面の男に言う。

「そうしてもらえると助かる……しかし、それにしても馬鹿みたいなことで喧嘩、とは理由は一体何だったのだ？」

「あぁ……それはですね。さっきの奴らは最初は楽しく飲んでたんですが、出身地をお互いに紹介し合ったところで、どっちの方が田舎か、というところで揉め始めて……。大蛙が出るうちの方が田舎だ、とか、毒蜘蛛の種類が多いうちの方がよっぽど田舎だ、とかだんだんヒートアップして、最後には腕っぷしで決めようなどと……。途中で止めれば良かったんです。ただ、どうせなら殴り合った方がすっきりするかと思いまいしてね。そのまま放置してた私も悪いんですが、最終的にああいうことに。ですから、弁償する義務もあるだろうと思いまして」

「……どっちが都会か、なら分かるが、どっちが田舎か、で揉めるものなのか……？」

　首を大きく傾げた都会出身の伯爵である。

　発展度合いで揉めるのは、他の貴族とそういうやり取りをしたことが伯爵にもあるからまだ分かる。

　ただ、どちらが田舎かというのは流石に理解を超えていた。

　これにへイデンが笑って言う。

「まぁ、都会者には都会者なりの、そして田舎者には田舎者なりの誇りってもんがあるんですよ。素面なら殴り合いにまではいかんでしょうが……酔ってたのではね。俺もど田舎出身なんで、気持ちは少し分かりますぜ」

「そういうものか……」

納得しかねる伯爵に、仮面の男は明るい声で、

「そういうわけですので、しっかりと弁償しますよ……それと、お忍びでここにいらしたのなら、何かここにご用があって来られたのでしょう？　もし現地の冒険者がご入り用でしたらご用命ください。安くしておきますので。腕はともかく、この土地のことには結構詳しい方です」

と自分を売り込んできた。

これには伯爵も苦笑する。

うまいやり方だ、と思ったからだ。

一見、大きな失敗と思われることをきっかけに仕事のチャンスとしてしまっているのだから。

もちろん、こう言ったからといって、伯爵が腹を立てる可能性もないではないだろうが、ここまで話して伯爵が特にそういった気持ちを抱いていないことを察しているのだろう。

だからこそ、口に出したと……それに、本当に謝罪の気持ちもあっての提案という部分があることも察せられる。

伯爵はヘイデンに目配せした。

その意味は、この男は信用しても大丈夫だろうか、ということだ。

伯爵から見て、この仮面の男は中々に面白そうで、信用も出来そうに思えたが、冒険者というのは一筋縄ではいかない、一見いい奴そうでもすぐに信じてはならない、特に辺境では、とはここに

来る前にヘイデンがしつこく口にしていたことだ。

見極めはヘイデンが行う、ということで、これについて、伯爵は納得している。

この仮面の男ほどするりと懐に入って来た者はいなかったが、伯爵に売り込みをかける冒険者というのはいたのだ。

そしてヘイデンがそのいずれも袖にしている。

その理由のほとんどは、王都から出された、伯爵の敵対勢力からの刺客の可能性が高い、ということだった。

この仮面の男もそうではないか、しかもこれだけスムーズに近づいてきたのだ。

最も怪しいかもしれない……そうも思った。

しかしヘイデンは伯爵に頷（うなず）いてみせた。

それは、信じても当面問題ない、という意味のジェスチャーであった。

驚くと同時に、ではこの仮面の男のここでの行動は全て何の企（たくら）みもなく、ただ臨機応変に行われたものだったのだと思って改めて驚く。

伯爵はこの仮面の男についてもう少し知りたいと考え、言った。

「まだ細かい行動予定は決まっていないのだが、しばらくマルトで素材の収集をしたいと考えている。一応、明日、知人に案内してもらう予定はあるのだが、おそらく大雑把なもので終わるだろうからな。明後日から案内を頼めるならお願いしたいのだが……？」

マルトの領主、ロートネル子爵の案内の予定はあるが、それはあくまでも貴族視点からのものであり、庶民の生活や、細かな素材の説明まで望むのは難しいかもしれない、とは思っていた。

その部分を自らの足で稼ぐつもりで伯爵は来ていて、案内人も探すつもりでいた。

ここで信用出来そうな現地人に頼めるなら頼んでおいて問題はない。

腕も、性格もすでにある程度見極められているのだから余計にである。

これに仮面の男は頷いて、

「明後日からですね。承知しました……おっと、素材ですが、どんな用途のものをお望みか、事前にお聞かせいただいても？　その方が案内しやすいので」

マルトに存在する素材の全てを案内する、などというわけにはいかないだろうし、男の質問も理解出来た伯爵は正直に言う。

「……主に医薬の素材になっているもの、もしくはなりそうなものを探している。だからあまり範囲を限定したくはない気持ちもあるのだが……難しいか？」

流石にいくら有能そうとはいえ、冒険者がそこまで細かく医薬の可能性のありそうな素材について詳しく理解しているわけもないだろうと思っての、むしろ気遣っての大雑把な質問だったが、意外にも仮面の男は即座に、

「医薬ですか……通常薬用ですか？　それとも魔法薬系統も含みますか？　また医薬の素材として可能性がありそうなものを、ということですが王都で流通していない、マルト固有のものでも構いませんか？　それとも他の地域でも採取可能なものに限定しますか？」

などと、事細かに尋ねてきた。

伯爵は面食らいつつも、専門のことなので一つ一つ答えていき、それこそ難解な専門用語を交えつつ話したその全てを、仮面の男は理解してこう言った。

「……分かりました。その方向ですと、街中は朝から案内を始めれば一日で回りきれると思います。現物をお求めでしたら、今の季節ですと直接採取しに行かなければ街では流通していないものもいくつかありますので、少しばかり危険なところにも向かうことも必要になり、数日かかるかと思いますが……」

これにはヘイデンが、

「この人の安全は俺が守る。あんたは案内に専念してくれればそれでいい」

「……じゃあ、そういうことで。それと、魔法薬関係ですと、私の知人に一人、マルトに住居を構えて長い研究者がおります。当然、この辺りの素材についてもかなり詳しい。私だけですと説明しかねることや気が回らないこともあると思いますので、予定を確認してからになりますが、後日、連れてきても？　もちろん、実際に会って、信用出来ないというのであれば雇わなくて構いません」

「では、会ってから決めさせてもらおう。しかし……研究者か。マルトには意外に色々な者がいるのだな？」

伯爵がそう言えば、

「辺境には変わり者が集まりますから。そのお陰で面白いところでもあります」

「確かに、私もなんだか年甲斐もなくワクワクしてきている。最近あまりそういうことがなかったので実に新鮮だな……ということで、契約成立ということで構わないか？」

「ええ。正式には冒険者組合（ギルド）を通してから、ということになりますが、それは当日の朝でも構いません。書類の方はこちらで用意しておきますので……」

と仮面の男が言ったが、これにはヘイデンが、

「いや、申請は明日、こちらの方でしておく。明後日の朝からなら、その方が面倒もないだろうしな。夕方までに指名依頼を出しておくから、あんたはその後に受けてくれればいい……で、今更だが名前を聞かせてくれるか？」

こう言ったヘイデンに、伯爵に対するものとは異なる冒険者同士の言葉遣いで男は返答する。

冒険者同士は、あまり敬語を使うことがない。

「ああ、そうだったな……俺の名前は、レント・ファイナだ」

「俺はヘイデン・ウォー……で、こっちが……」

伯爵の方に視線を向けたので、伯爵は少し考えてから言う。

「……カートだ」

それにヘイデンが少し噴き出す。

偽名だからだ。

だが、仮面の男……レントの方はそれも分かった上で流し、

「カートさん、ですね。よろしくお願いします」

そう言って握手のために手を差し出してきた。

伯爵はその手を強く握り、

「よろしく」

そう言ったのだった。

「……ほう、中央の貴族と思しき男から依頼を受けたか。いや、正式にはまだ契約していないんだったな」

ロレーヌの家で、俺、レント・ファイナは今日あったことを詳細に説明した。

普段であれば貴族からの依頼など、秘匿性の高い依頼について、食事の話題にすることは滅多にないのだが、今回はロレーヌにも依頼に参加してもらうつもりなため、話す必要があった。

「あぁ。依頼は明日、向こうの方で冒険者組合に正式に指名依頼として出しておいてくれるって話だ。で、明後日から案内を始める予定だな……それで……どうかな？　ロレーヌも参加してくれるか？」

特に相談することなく、ロレーヌを連れてくるという話をしてしまったため、彼女の予定が少し心配だった。

一応、前後一週間くらいはお互いに何をしているか、大まかに把握してはいるのだが、それこそお互いに急に思いつきで何か予定を入れることは日常茶飯事だ。

俺が今回のように酒場などで依頼を受けることになったり、ロレーヌはどこかの地域に素材を採りに遠出したり、とかな。

ただ、一応、予定を確認してから、とカートとヘイデンには告げてあるので、どうにも都合がつかず、やっぱり無理だった、と言っても問題はない。

少し、向こうの俺に対する心象が悪くなるが、それだけだ。

話を聞いた限り、基本的には俺一人でも対応出来そうな内容だったし……ただどうせなら、お互いに満足出来る仕事を提供したいから、万全を期したいところだ。

俺のそんな意味を込めた質問にロレーヌは言う。

「別に構わんぞ。その日から先は特別な予定は入っていないしな」

「おっ。良かった……助かるよ、ロレーヌ」

「何、私とお前の仲だ。それくらいお互い様というやつだな……しかし、それにしてもその依頼者、少しばかり奇妙だな？」

俺がほっとしているところに、ロレーヌは少し考え込んで言った。

俺が首を傾げて、

「何がだ？」

と尋ねると、ロレーヌは言う。

「お前の判断によれば、そのカートという男は貴族なのだろう？」

「あぁ。はっきりそうだと言ったわけじゃないが、カートは、身に着けているものの品質が半端なかったからな……俺はロレーヌみたいに直接魔力を見ることは出来ないから、どんな魔術がかかってるかとかはぱっと見じゃ分からなかったけど、それでも相当な魔術が織り込まれているのは理解出来た。そんじょそこらの魔術は通さないと思うぞ、あの服。それに、小さくではあったけど紋章も刻まれていた。あの紋章の図案は……子爵以上じゃないと刻むことが許されないものだったと思う。あんなもの着られるのは貴族以外の何者でもないさ」

「それに加えて、ヘイデンという男は相当の腕だ、と」

「ああ……あっちはあっちで凄かったな。俺には底がまるで見えなかったよ。銀級上位……じゃ足りないと思った。多分金級以上の腕はある」

「そこまでか……つまり、それだけの腕を持った男が守る、高位貴族、というわけだ」

「あぁ。それが？」

「そんな奴らが、言っては悪いがこんなど田舎辺境都市マルトにわざわざたった二人で来るというのがな……引っかかる。見るからに、怪しいだろう？」

「言うに事欠いてど田舎辺境都市はないだろう……確かにその通りだが。で、怪しいというのはそうだな。実のところ俺もそう思ったよ。普通、ああいう貴族がこんなところに来る場合、もっと大勢でやってくるもんだからな。じゃないと危険だし、世間体もある」

貴族の世間体、というのは色々だ。

単純に、たった二人で旅してる、という噂が立って貧乏扱いされたりとかがまずあるし、お忍びで旅をしていると誰かに狙われる可能性も高まる。

いるはずのところにいないとなると、対応に困ることもあるだろう。

だから、あまりそういったことを貴族は好まない。

にもかかわらず、それをしているということは、それだけの理由があるということに他ならない。

だが……。

「尋ねたところでな。意味がないさ。聞いても答えないよ、あの二人は」

俺がそう言うと、ロレーヌは、

「それなのに依頼を受けることにしたのか？　お前は」

「別に。悪い奴らには見えなかったからさ……むしろ、何か切羽詰まってる感じだったし、だったら手を貸してやりたいなって」

それが正直なところだった。

断ることも出来た。

けれど、詳しい依頼内容を聞いて思ったのだが、あの依頼を正しく片付けられる冒険者はこのマルトにはおそらく俺とロレーヌくらいしかいないだろう。

単純な腕っ節を求めているのではなく、広範な素材や薬品に関する知識と、土地勘が必要な依頼だからだ。

もちろん、長年マルトに住んでいる高位冒険者ならそれも出来るだろうが、ここでこの街がロレーヌの言うように、ど田舎辺境都市である、というのが効いてくる。

腕が良くなってくると大抵の冒険者が都会の方に移り住んでしまうのだ。

つまりそういった高位冒険者の絶対数が少ない。

従って、あの二人の要求に見合うような冒険者は中々見つけることは出来ないだろう。

加えて、求めているものも特殊だ。

既存の素材ならともかく、これからが期待されるような素材となってくると……。

そもそもそこまで網羅する冒険者なんて皆無に等しい。

じゃあ、なぜ俺とロレーヌなら、という話になるかといえば、ロレーヌはいわずもがな、冒険者である前に錬金術師であり魔法薬師でもあるため、薬品関係に深い知識を持つし、俺はそのロレーヌに長年付き合わされた結果、一般的な冒険者よりもずっと錬金術や薬品の素材に詳しくなってしまったからだ。

ロレーヌの家に入り浸ってその関係の書物を読み漁ったりもしてきた……つまりは極めて特殊な経験に基づく知識であって、たとえ高位冒険者であったところで、そうそう対応出来ることではないわけだ。

では、あの二人はそれを分かっていなかったのか、という話になるが、そんなこともないだろう。

おそらく、雇った冒険者などにこの街やその周辺をアバウトに案内させ、素材などの目利きは自分たちでやるつもりだったと思われる。

その証拠に、というわけではないが、あの貴族の方……カートは、かなり深い薬学の知識を持っていた。

俺のそれを明らかに上回っているくらいに。

ロレーヌのそれに及ぶかどうかは疑問だが、それにしても普通の貴族が持ちうる知識ではない。

おそらく、彼はそれを専門にしているのだということは簡単に想像がついた。

であれば、素材の目利きも普通に出来るだろう。

ただ、そこまで分かってもやはり、なぜあの二人……特にカートが少し焦っているのかが分からなかった。

何か有用な薬品の素材を見つけたいというのは分かるが……。

まぁ、それ以上は俺が考えることでもないか。

あまり依頼人の内情に首を突っ込みすぎるのも失礼な話だ。

もしそれが依頼に必要なことだったら、向こうから話してくるだろうし、こっちとしては頼まれたことを誠実にこなせばいい。

「相も変わらず、お人好しだな……その仮面と全く見合っていない」

ロレーヌが優しげに微笑みながらそう言った。

確かにこの骸骨仮面姿を見て、お人好しだ、と一目で見る人間などいないだろう。

ただ、俺の内実は昔から変わっていない。

よくお人好しだと言われた、人間だった頃とまるで変わらない。

「俺だって出来ることならもっと人当たりが良さそうに見える仮面にしたいもんだけどな。頼んだところで離れてくれる仮面じゃないんだ。多少形は変えられるが」

「形を変えられても、ベースデザインが骸骨のままではな。格好いい骸骨にするかホラーな骸骨にするかくらいしか選択肢がないのではどうしようもあるまい」

「その通りだよ……ま、別にいいだろう。お陰で変なのには絡まれにくくなった」

以前……つまり人間だった頃は、冒険者としては比較的華奢(きゃしゃ)な方に見える外見だったため、事情を知らないマルトの外からやってくる柄の悪い冒険者なんかには絡まれがちだった。

もちろん、そうなっても特に問題はないというか、最終的には色々分からせてやったので、問題はなかった。

ただ、面倒なのは間違いなかったし、無闇矢鱈(むやみやたら)に怪我人やらトラウマを抱えた人間やらを増やしたいと思っていたわけでもない。

だからどうにかして避ける方法はないかとよく考えていたのだが、こんな体になった結果、期せずして初対面の人間に侮られず、むしろ不気味だと避けられるような見た目を手に入れたのだ。

人間だったときでもこの格好をすれば避けられたのかもしれない。

しかしいくらなんでも骸骨仮面という発想はなかったからな……。

「変なのに絡まれにくくなった代わりに、色々、厄介ごとが降ってかかるようになっているのではないかという気もするが？」

「それは否めないが……今回の依頼が、そうじゃないことを祈るよ」

「……はぁ、はぁ……」

広い寝室に、少女の苦しげな吐息が響いていた。

傍らには医師が腰掛け、少女の様子を診て、ため息を吐きながら言った。

「……大変申し上げにくいのですが、このままではいずれご息女の命は……ロビスタ伯爵閣下」

そう言われた伯爵は重苦しい表情でその言葉を受け止め、しかしそれでもなお、医師に言い募った。

「何か……何か方法はないのか!? つい一月前までは元気だったのだぞ！ それなのに、これほど急になど……」

「それが病というものでございます。閣下も薬師としての見識をお持ちなのです。私などが言わずともお分かりでしょう？」

「だが……病名すらも分からぬというのは……」

「世にどれ程の病があるのか、それは私にも分かりませぬ。ただ、ご息女の症状は私の知りうるいずれとも異なるもの。このような斑点が体中に現れるなど見たことがなく……」

見れば、少女……ロビスタ伯爵の娘エレインの顔には紫がかった黒の、インクをこぼしたような斑点がいくつも浮かんでいた。

そのような症状の病は医師にも伯爵にもいくつか浮かぶが、しかしそれらとは斑点の形や色が異なっていることは確認済みだった。

その上、他に出ている症状などから見ても不可解極まりなく、結果、どのような病なのかすら未(いま)

だに分かっていなかった。

医師は伯爵が信頼する高名な者だが、彼以外にも中央から高名な医師などを呼び、見てもらったりしたにもかかわらずだ。

もう出来ることはほとんど全てやった。

「いや、済まぬ。責めているわけではないのだ。ただ、これ以上、どうすればいいのか……」

「申し訳なく存じます。それは私にもなんとも……。ただ、エレイン様は衰弱して来ているとはいえ、ほんのわずかずつ、であるのは事実です。この斑点が広がり始めてから、すでに一月ですが……調子の良いときは、普通に庭などを出歩くことも出来るのですから。いずれは、と申し上げましたが、それはもしかしたら、かなり遠い日である可能性もあります。色々と試すことは出来るということです。希望をお捨てになられますな、閣下」

事実、エレインは今は苦しそうで、明日にも死んでしまいそうな状態に見えるが、少し休めば普通に出歩き、食事も食べられる程度の体調に戻る。

ならば心配いらないか、と言われると全くそんなことはなく、体に浮き出た斑点は広がり続けている。

まるであれがエレインの全てを覆ったとき、彼女の命が奪われるようではないか。

そんなことにさせるわけにはいかない。

しかし、一体どうすれば……。

伯爵は苦悩を続けた。

「……ッ!?」

伯爵は飛ぶようにして身を起こす。

すると、体中から冷や汗が吹き出ているのを感じた。

「目ざめましたか、伯爵」

横あいからそう、声がかかる。

見れば、そこには武器の手入れをしているヘイデンの姿があった。

「……ヘイデン、私は……」

「大変うなされておられましたぜ。見ていたのは……やっぱり?」

「あぁ、娘のことだ。毎日のことで、済まないな」

「いえ……ですが、希望はあるんです。もう少し心安く……というのは難しいでしょうな」

「自分の娘のことだ。無理だな……ただ、何も出来ないと思っていたときとは違う。まだマシだよ……」

そう、伯爵は領地の館にいるとき、自分には何も出来ないと思っていた。

しかし、今は違うのだ。

「予言、ですかい。依頼のときに聞きましたが……本当なんですか?」

「本当だとも。まぁ……本当でないとしても、私が出来る唯一のことだからな。やるしかない」

「ご息女が祈りを捧げているときに神託が降った、という話でしたな。そのときは伯爵は……」

「その場にいた。祈りを捧げていたのは館の中にある、簡易教会だからな」

「あぁ、貴族の家の中にはあるって言いますね。じゃあ、見てたわけだ、その神託を」

「そうだ……」

「どんな様子でしたか？　神って奴は」

冒険者らしく、そこに大した敬意は持っていないらしい。

自分の腕だけを信じる、それが冒険者というものだからだ。

伯爵は言う。

「本当のところを言えば、神かどうかすら分からん。ただ……祭壇には娘が捧げた人形がいくつか置いてあってな。そのうちの一つが急に動き出し、そして言ったのだ。『娘の病を癒したいなら、都市マルトで薬の素材を探せ。さすればいずれ辿り着けるであろう。間に合うかどうかは、お前しだいだ』となと」

「悪魔が動かしたのかもしれませんな」

「そうとも。だが、その場合、神は何もしてくれなかったのだ。宗旨替えもやむをえんな」

「流石にそれは冗談でしょうが……しかし、神にしてはまどろっこしいことを言いますな？　なぜ薬そのものではなく素材を探させるのか」

「それは確かに私も思った。だが、そもそも薬そのものが存在しないのであればそう伝えるしかないのではないか？　あのような病を誰も見たことがないのだというし」

「まぁ、確かに……ですが、そうなるとやはり骨が折れますな。効くかどうか、調べるだけでも相当の時間がいるでしょう」

「だからこそ、時間制限について神は口にしたのかもな。ともかく、やれることはある。あとはやるだけだ」

「そうですな……今日の冒険者に期待しましょう」

案の定、と言うべきか。

昨日のロートネル子爵の案内は中途半端に終わった。

といっても、子爵が手を抜いたとか適当に済ませたというわけではなく、伯爵にとって必要なものがほとんど見つけられなかった、というだけだ。

珍しい薬品の調合法や、その素材などを扱っている薬屋などまで案内してくれたくらいで、むしろありがたいくらいだったが、そのいずれもエレインの病に効きそうには思えなかった。

それでも一応、それらの知識については頭に焼き付け、忘れないようにはしている。

戻ったときに試すつもりでいるが、期待はあまり出来そうもなかった。

今日の冒険者はそうではないといいのだが……。

そう思って待ち合わせの場所、冒険者組合の前で待っていると、目的の人物がやってくる。

「……お待たせしましたか？」

仮面の男にそう聞かれたので、伯爵は言う。

「いや、待ちきれず早く来てしまってな。問題ない」

実際は、交渉を有利に進める場合に早めに着いた方が精神的優位に立てる、という貴族としての習性が抜けなかっただけだ。

ヘイデンはもっと遅くても問題ないと言っていたが、長年染み付いた業は中々思い通りにはいかなかった。

最後にはそんなに落ち着かないなら早く行きましょうかとヘイデンも折れた。

「でしたら、良かったです。さて、合流出来たところで、さっそくですが……」

仮面の男、レントは後ろをちらりと見て、そこにいる人物を紹介した。

美しい女性だった。

理知的だがどこか酷薄さを感じる瞳を持ち、また強力な魔力の気配も感じる。

彼女こそ、先日レントが言っていた研究者なのだろう。

女性は伯爵に向かって静かに口を開く。

「……はじめまして、伯爵閣下。私は銀級冒険者のロレーヌ・ヴィヴィエと申します。どうぞ、お見知りおきを。本日は薬品の素材になりそうなものを紹介してほしい、とのことで、レントの補助に参りました。これでも魔法薬師でもありますので、それなりに詳しいつもりです。お力になれるところはあるかと存じます」

その挨拶は堂に入っていて、少しも謙るところがなかった。

それでいて伯爵が高位貴族だと気づいているようでもあったので、おそらく、こういう場に慣れているのだろう。

つまり、それだけの腕を持った薬師だ、ということだ。

銀級であるというから、冒険者としての腕を買われて、という可能性もないではないが、銀級では高位貴族にそうそう呼ばれることはない。

やはり、魔法医師としての腕を買われて、という可能性の方が高い。

中々良い者を紹介してもらえた、と感じた。

それでも伯爵は一旦、ヘイデンを見たが、彼も特に異存はないようなので、ロレーヌに向かって手を差し出し、

「これは丁寧なご挨拶を……私はカートと言う。私が何なのかお分かりのようだが、見ての通りあまり目立ちたくはない。ヘイデンのように、とまでは難しいかもしれないが、気軽に接してもらえるとありがたい」

「承知しました。ではこんなところで」

かなり丁寧な態度から、軽い知人に対するものへのそれとすぐに変えるロレーヌ。

レントが紹介しただけあって、やはり同様にかなり空気が読める人物のようだ。

ありがたい。

「それで構わない。では、時間も限られていることだ。お二人共、案内を頼めるだろうか？」

「もちろんです」

「……まさかこれほどの有用な素材が隠れているとは思わなかったぞ」

伯爵は、一通りマルトの街を回ったあと、そう、感嘆の声を上げる。

これにロレーヌが言った。

「そうは言っても、いずれもこの街ではさほど珍しいものではありません。ただ……保存の問題などがありますので、王都など中央までは出せないものばかりです。こういったものをお望みなのではないかと思って紹介させていただきましたが、ご満足いただけましたか？」

「もちろんだ。昨日、ロートネル子爵にもいくつも薬屋や問屋などを紹介してもらったが、そのときよりもずっといい……」

「子爵閣下はやはり、貴族でいらっしゃいますから、よく選別された高級品のみを扱っているところが多かったからでしょうね。そうなると……こういったものは排除されがちです。露店や裏路地の店などにも意外に良いものが少なくないのですが、やはり貴族の方には怪しすぎるのでしょうね」

「ううむ……しかしこのマルトは特にいい。私もそのような店を中央にいるときに回らないわけではないが、これだけの珍しい品は……」

「マルトは少し事情がありまして、素材採取の名人が大勢おります。駆け出し冒険者ですら薬草関係の見分けはほとんど完璧に行いますので、それが大きく影響しているのでしょう」

「なんと……そのようなことが。見習いたいな……」

「あまり簡単なことでは……。ともかく、これでご依頼は完了、ということでよろしいでしょうか？　あとは、時季外れのために街の外に直接採取しに行かなければならないようなものしか残っておりませんが」

「あ、あぁ……そうだな」

言いながら、伯爵は少し考える。

レントとロレーヌのお陰で大量の有用な素材を知り、手に入れることが出来た。

薬効などの説明から薬品にしたときの変化までをも網羅した解説には、この者をこのまま召し抱えたいくらいだった。

そのお陰で、エレインに効きそうだと思われるものもいくつか見つかった。

というのも、どうやらこのマルトから少し離れたところにある村で、エレインに似た症状の風土病が存在するらしく、それに対して高い効力がある薬品と、その素材というのが見つかったのだ。

中央の医師がそれについて知らなかったのも当然で、その村の周辺でしか発生しない上、死に結びつくことなど全くなく、大した時間もかからず全快してしまうからだとう。

これを教えてくれたのはもちろんロレーヌで、彼女はこのマルト周辺の村などの風土病などについては大抵知っているのだという。

あまりにも広範な知識だと思ったが、長くここに住んでいるから手に入っただけだと謙遜していた。

しかし、それでエレインが助かるのだ。

跪（ひざまず）いてもいいくらいだった……。

ともあれ、そういうことなのだ。

もうレントとロレーヌにしてもらうことはないだろう……。

そう思って、伯爵は二人に言う。

「うむ。目的のものも手に入ったし……わざわざ危険な場所に向かう必要もないだろう。これで、二人への依頼は完了に……」

そう言いかけたところで、

『ちょっと待った！　それじゃあダメ、ダメ』

とどこかから声が聞こえてきた。

「……何だ？　誰か何か言ったか？」

首を傾げた伯爵だったが、レントもロレーヌもヘイデンも首を横に振った。

「では、誰が……」

『もう！　ここだよ、ここ！』

声はさらに大きくそう言った。

驚くべきことに伯爵の胸元からもぞもぞと何かが這い出てきた。

「なっ。い、一体何が……」

驚きながらそれをよく観察すると、空中に浮いた状態でこちらを見ている……人形だった。

領地の館で、語り出した人形。

それをそのまま持ってきていたのだ。

「あなた様は……あのときの、神……？」

思わず伯爵がそう言ったが、しかし意外なことにその人形は首を横に振った。

『いやいや、違う違う。私は特に名前のない神霊。こっちの二人がその信徒。でも、貴方はヴィロゲト様の信徒でしょう？　この人形、ヴィロゲト様の力の残り香があるし、だから私も入れたんだ……』

ヴィロゲト。

それは植物と肥沃とを司る神の一柱。

伯爵は主に製薬産業を領地の主要な産業としている関係で、その素材であることの多い植物の神ヴィロゲトを信仰していた。

あの人形に宿っていたのは、ヴィロゲトだったのか、とこのとき初めて理解した。

そして確かに本当に神だったのだ、と。

しかしそうであるならなぜここで神ではない、謎の神霊が宿り語り出すのか。

首を傾げる伯爵に人形は言う。

『私、ヴィロゲト様の分霊なんだ。といってももうほとんど独立しちゃってるんだけど……でもたまに指令が来るんだよね。で、今回は君に良くしてやれってさ』

「私に？」

『そうそう、具体的には今回のサポートだって。まったく人使いの荒い上司だよ……っと。それはいいか。そうじゃなくてね、君、このまま帰っても娘さんは助からないよ？』

「な、何だと？　それはどういう……」

『君の娘がかかっている病気は、ロレーヌがすでに説明した風土病の魔虫侵食病の一種なのは確かだよ。それの治療薬が今、君の持っているもので作られるのもね』

「で、では問題ないのでは……？」

『使うのが本来、よくかかるチウェブ村の人たちならね。彼らは半ば魔虫と共生出来るように適応してしまった人たちだから、それで大丈夫なんだよ。無理に虫を下さず、暴れないように抑えるだけでさ。でも君の娘はそうじゃない。だからダメ』

「……そんな。それでは、娘を助けるのは……無理だというのか」

治療薬の意味がない。

病気も判明したが、方法がない。

それはこのまま死ぬしかないというのと同義だと伯爵は思った。

しかし、人形は言う。

『待った、待った。早とちりは良くない。方法はあるよ。その薬の薬効を、さらに強めれば虫下しになるからね……そのために必要な素材、知りたいでしょ？　それを教えるために私、これに宿ったんだから』

「本当ですか……!?　ぜひ、ぜひお教えください！」

『お、教える、教えるからちょっと離して……』

つい、人形を引っ摑んでガタガタ揺らしてしまった伯爵に人形は慌ててそう言う。

伯爵が手を離したあと、人形はほっとため息を吐き、それから言った。

『では……。人間。このマルトから北東に進んで二日の位置に、ラスタ古代林がある。その奥地に赴き、千年樹霊（エンシエント・エント）を倒し、その葉を手に入れるのだ。それを、魔虫侵食病の薬に煎じて加えれば、そなたの娘は助かるであろう……というわけで、じゃあね』

そう言うと同時に、人形は灰になったように崩れ落ちた。

神霊が宿る限界だった、ということなのだろう。

人形の言葉を聞いた伯爵は、周囲の三人に言った。

「聞いたか？　私の聞き間違いや、夢ではない、よな？」

「聞きましたよ。確かに」

ロレーヌがそう言った。

「俺も聞きましたな」

ヘイデンも。

「じゃあ、私たちへの依頼はまだ、途中だということになりますね……案内も必要でしょう。明日、早速ラスタ古代林へ向かいましょうか。馬なども用意しておきますので」

レントがそう言ったとき、伯爵は不覚にも涙が出そうになった。

本来であれば彼らはそんなことをする必要などない。

案内は必要だが、これはもう、本来の依頼内容を大きく逸脱している。

付き合うには危険も大きい。

千年樹霊(エンシエント・エント)とはそれだけの存在だからだ。

それなのに、素直に付き合う気でいてくれるというのは……。

「……報酬は弾む。それに……無理はしないでくれて構わん。だから、どうか、二人とも頼む……」

高位貴族にあるまじきことに、深く頭を下げた伯爵に、二人の冒険者は深く頷き、ヘイデンは伯爵の肩を勇気づけるように強く叩(たた)いたのだった。

「……とは言ったものの、私は今、ここに来なければ良かったかもと少し後悔してるよ」
苦笑を浮かべつつそう言った伯爵だった。
周囲には鬱蒼(うっそう)と生茂る森林がある。
前方だけは広場のようになっていて、少し不自然だが、その理由はこの場にいる四人にとっては自明だった。

森に開いているとは思えないような広場の中心に、巨木が一つだけ聳え立っている。

十数メートル、いや、それ以上あるかもしれないし、さらに言えば幹も枝も恐ろしいほどに太い。

物言わぬ植物のようにしか見えないが、実際のところは……。

「……魔力の流れが明確に魔物のそれだな。あれが、千年樹霊だ」

ロレーヌがそう言った。

彼女は魔力を直接視認出来る魔眼を持っている。

持っている者は少なくないが、使いこなすことが出来ず大抵の者が無用の長物としてしまう、人には過ぎた才能。

しかしロレーヌは十分に使いこなしているようだった。

稀有な魔術師である。

「あんなもの、倒せるのか？　いや、お前たちを信じていないわけではないが……」

とてもではないが、人にどうこう出来るような大きさとは思えなかった。

ここに来るにあたって、多くの魔物とぶつかり、それらを屠ってきた三人の冒険者たち。

しかし、これほどまでに巨大なものはいなかったのだ。

流石にあれは無理ではないか。

伯爵がそう思ってしまうのも無理な話ではない。

けれど、冒険者たちはすっくと隠れていた草むらから立ち上がり、言うのだ。

「あれに立ち向かわなければあんたの娘は助からないんでしょうが。やりますよ、俺はね」

ヘイデンがまず、そう言った。

「図体だけの魔物など、大したものではありませんよ。まぁ、千年樹霊は魔術も使いこなす強敵ですけどね」

ロレーヌがそう続けた。

「これから戦うのに萎えること言わないでくれよ……カートさん、でも、俺たちでなんとかします。あなたはここで見守っていてください。じゃあ皆、行こうか」

レントが最後にそう言うと、三人は打ち合わせたわけでもないのに揃って広場の中に飛び込んだ。

それと同時に、普通の木のようにしていた千年樹霊が地面の中から立ち上がる。

バリバリと地割れを起こし、その体の全貌を明らかにする。

その様子は、樹木で作られた巨人そのもの。

腕の一振りで轟音と突風を引き起こし、魔力を集約しては、そこら中から槍のような樹木を生やし、巨木を矢のように放ってくる。

あれは、化け物だ。

あんなものにどうやって勝つ……？

伯爵はそう思った。

しかし、彼が雇った冒険者たちは、正しく勇気を持った本物の冒険者だった。

多くの冒険者が怯むだろう巨木の剛腕の下を掻い潜り、ヘイデンがその大剣で幹に突き込む。

「こんだけでかけりゃ、まず外さないぜ！……うぉっ！」

笑って言ったヘイデンだったが、そんな彼が突き込んだ幹から、ハリネズミのように枝が生えてきてヘイデンを突き刺そうとした。

「危ねぇ……素直に幹ぶったぎりゃいいってわけでもなかったか」

残念そうにそう言ったヘイデンに、

「金級なら、千年樹霊（エンシエント・エント）の攻撃方法くらい調べたことはなかったのか？　あれは体のどこからでもあの針のような枝を生やせるぞ」

ロレーヌがそう解説する。

「千年樹霊（エンシエント・エント）なんて珍しい魔物、戦うチャンスそのものがねぇからな。流石に調査対象外だぜ。むしろ、よくあんたはそんなこと知ってるな」

「私は魔物が専門の学者だよ。冒険者は副業だ……」

言いながら、魔術を練り込んで放つ。

通常の火弾（フォティア・ボリヴァス）の数倍は巨大な弾を数発放つ、炎系統の魔術であり、あんなものを森の中で使っては森中を大火事にしてしまうのではないか、と伯爵は思ったが、しかしそんなことにはならなかった。

いくつかは外れて、背後に存在する森の木々に命中したが、少し焦がしただけに止まったのだ。

けれど、千年樹霊（エンシエント・エント）に命中した三発は、千年樹木の枝を大きく燃やした。

これに伯爵は焦る。

あのままでは、枝の先に存在する葉まで燃やし尽くしてしまうのでは、と思ったからだ。

しかし、現実にはそうなることなく、そこまで辿り着く前の地点までで火炎は止まっている。

なぜか。

流石の伯爵にも理由が分かった。

ロレーヌが火炎の延焼をコントロールしているのだ。

体から遠く離れた魔術を操ることは難しく、さらに敵に命中したそれを操作することなど出来るとは思えなかった。

実際、伯爵の領地の領軍に所属する魔術師たちにはそれは出来ない。

それくらいの高度な技術なのだ。

にもかかわらず、ロレーヌはしゃべりながらそれを行っている。

おそろしいほどの魔術の腕だった。

「へぇ、やるじゃねぇか。銀級だって話だが、魔術の腕だけなら、金級にも引けを取らねぇ」

ヘイデンも同じような気持ちだったようで、剣を振りつつそう言った。

「だといいがな」

「正直、あんたもあっちのあんちゃんも足手纏い(あしでまと)かと想像してたが……いい意味で裏切られたぜ」

ヘイデンの視線の先には、誰よりも千年樹霊(エンシエント・エント)の近くで囮役(おとり)を引き受け、小さくも確実に攻撃を加えていくレントの姿があった。

レントの攻撃一つ一つの与えるダメージは確かに小さいが、彼のお陰でヘイデンとロレーヌが千年樹霊に対してほとんどノーマークで攻撃する機会を得られているのだった。

「それは良かった。あいつも楽しそうだしな」

ロレーヌがそう言った。

実際、レントは非常に楽しそうに戦っているようだった。

誰よりも千年樹霊に近いにもかかわらずだ。

ヘイデンは呆れた顔で、

「いくら回避に自信があってもあれほどの魔物の前で、しかもあんな位置を取り続ける度胸は俺にもねぇぜ。レントには恐怖ってものがないのか……？」

そう言った。

少しだけ得体の知れないものを語るような口調だった。

それにロレーヌが意味深に笑い、

「恐怖、か……もしかしたらないのかもな」

「あぁ？　そんなわけ……ねぇだろ？」

どんな冒険者にも、どれだけ虚勢を張っても、恐怖は取りさらい切れずに残る。

それを意志の力で踏み潰し、あるいは無視して立ち向かうのが勇気だ。

それがヘイデンにとっての常識だった。

しかし、同時に例外がいることも分かってはいる。

そういうものに対するセンサーが完全に壊れている奴。

つまりは一種の狂人だ。

レントもそのうちの一人なのではないか、と少し疑った。

だからこその口調。

ロレーヌはそんなヘイデンに言う。

「レントは……あいつはずっと銅級としてやってきたからな。あんな魔物と戦えることが嬉しいんだろう。だから恐怖もつい忘れる。それだけだよ」

「何？　ずっと……銅級？　馬鹿な。あの腕なら、銀はあると思ってたが……」

指名依頼する際には別に名前さえ書けば級などを書く必要はない。

すでに本人と話がついている、と言えば改めて級の確認を職員がしてくることもない。

だから、このときまでレントの級については聞いていなかった。

聞くまでもなく、銀はある、と思っていたのだ。

それなのに、である。

「まぁ、色々あってな。ただ、腕に問題はないだろう？」

「当たり前だ。その辺の成り立て銀級を連れてきたって、あいつと同じ芸当は出来ねぇよ。あそこまでやるのは俺にだって難しい」

「あいつがあそこまでになれたのはつい最近だ。だから嬉しいってわけだ」

「殻を破ったか……確かにそういうときは、興奮が恐怖を忘れさせる。なるほどな……」

多くの冒険者は銅級で終わる。

何年、何十年と銅級のままで、そのまま終わっていく者というのは意外なほど多い。

ただ、ごく稀（まれ）に、何年と足踏みをしていたのに、ある日突然、何かを掴んだように急激に実力を伸ばす者がいる。

そういう者たちを指して、殻を破った奴、というのだ。

レントもまさにそういう者なのだろう、とヘイデンは思った。

「……しかし、そういう奴は得てして危険に踏み込みすぎてやらかすこともあるぜ。今の戦いぶりに危なげは感じないが……早めに決着つけた方が良さそうだな？」

「ああ。私が道を開く。ヘイデン、あんたは千年樹霊（エンシエント・エント）の額を貫いてくれ」

「そこに弱点が？」

「さっきから観察して得た情報だよ。千年樹霊（エンシエント・エント）の弱点は個体によって違うが、こいつは額辺りに魔力の集約点が見える。動きも見えないから、おそらくそこだ」

「絶対じゃねぇと」

「戦いに絶対などないさ」

「その通りだな。よし、やってやる……」

「では……行くぞ！」

ロレーヌがそう言うと同時に、膨大な魔力が辺りに広がった。

そして、地面からのたうつ恐ろしく太い植物の蔓（つる）が現れる。

一瞬、それをヘイデンは千年樹霊（エンシエント・エント）の魔術か何かだと思ったが、蔓はすぐに掴めるヘイデンを追い抜き、千年樹霊へと向かった。

そして、その鞭のように周囲を叩きつける枝を雁字搦めにし、押さえつけた。

「道を、開くね。なるほど……」

言いながら速度を上げ、目的の場所に向かっていくヘイデン。

そして、巨大な樹木の巨人の前に辿り着くと同時に飛び上がり、高く剣を掲げた。

「レント、離れろ！」

ヘイデンが叫ぶ。

ロレーヌの言うように興奮しているならヘイデンの声も聞こえない可能性も考えたが、意外にも
レントはすんなりとその場から距離を取った。

特に興奮などしていなかった？

レントに恐怖がないのは別の理由？

一瞬そんな疑問がヘイデンの脳裏を過ったが、そんなことを考えている場合ではない。

あいつらには何かあるようだ。

だが、依頼を完璧にこなし、さらに冒険者としての懐の深さまで見せてくれたのだ。

今更信用出来ないなどと思わない。

今自分に出来ることは、この剣を振り下ろすことだけ。

「……行くぜぇぇぇぇ！！！」

そしてヘイデンは叫びながら、千年樹霊の額に剣を突き立てた。

先ほどまで切りつけてきた、硬い表皮とは思えないほどにすんなりとそこには剣が入っていった。

ずぷり、と最深部に達した、と手応えを感じた瞬間、

「……グァァァァァァァァァァァ！！！」

と、マンドラゴラも真っ青になるかというくらいの悲鳴が千年樹霊（エンシェント・エント）の口から発せられ、そして
……。

大きな音を立てて崩れ落ちたのだった。

「いやはや。本当に今回は君たちに出会えて良かった。これが神のお導きというやつか……」

街に戻り、伯爵が感慨深げにそう言った。

ロレーヌとレントに握手を求め、二人はそれに応える。

「実際、人形に宿ったのはヴィロゲト様のようでしたし、そういうことなのでしょうね」

レントがそう言うと、ロレーヌも頷いて言う。

「あの神霊も確かにヴィロゲト様の分霊だと言っていたものな。それにしても……なぜヴィロゲト様は今回、カート殿に神託をされたのだろうか」

これに伯爵は言った。

「おそらく、必要だったからだろう。あの病は、ロレーヌ殿の見立てではうつる、という話だった

だろう？　つまり、これから大量の薬を作る必要がある。中央でそれが出来るのは、私しかいない」

「……なるほど。つまりあなた様は……ロビスタ伯爵？」

「これだけの会話で分かるのか」

「当たりですか。そういうことなら納得です。神々が疾病の大規模な拡大を懸念されたと」

「おそらくは。幸い、今回のことで最も重要な千年樹霊（エンシエント・エント）の葉は大量に手に入った。そのうち在庫は尽きるだろうが、薬効を高めればいいのだという答えももらった。それだけあれば、千年樹霊（エンシエント・エント）の葉のない薬のレシピも開発してみせる」

それは言うほど簡単なことではないだろう。

しかし、きっとやり遂げるのだと伯爵は決意していた。

これは、そのために与えられた機会なのだから。

そして、伯爵は言った。

「では、そろそろ私たちは行く。またマルトを訪ねることがあったら是非、会ってくれ。今回は本当に助かった！　ありがとう！」

そして、伯爵はマルトを後にしたのだった。

「今回は随分と無茶をしたものだな」

ロビスタ伯爵が帰った後、改めて家で夕食を取っていると、ロレーヌがそう言った。

「そうだったか？　意外に善戦出来てたと思うんだけどな。千年樹霊（エンシエント・エント）ほどの相手に。以前、灌木霊（シュラブス・エント）と戦った経験が生きたし」

千年樹霊（エンシエント・エント）は珍しい魔物であるが、灌木霊（シュラブス・エント）が数百、数千の年月を経ると至る魔物だと言われている。

つまり、やることはかなり似ているわけで、俺は何度も灌木霊（シュラブス・エント）と戦っているから、慣れた感覚でやれたと思っている。

けれどロレーヌは首を横に振った。

「いや、戦い自体は確かに危なげなかったと思うが、私が言っているのはそこではないぞ。ヘイデンがレントの戦いぶりを奇妙なものを見るような目で見ていたものだから、少し不安だったのだ。正体がばれやしないかと……」

「えっ。そうだったのか……？」

「それなのにお前、若干、危なそうなとき、分化を使ってたろ？　ローブで見えてはいなかったが、私には分かった。魔眼を使うと、体の一部が一瞬消えているのが見えたからな」

「……ロレーヌくらいにしか見えないからいいだろうと思ってさ」

「ヘイデンは金級だったろう？　切り札に魔眼を持っていてもおかしくないじゃないか」

実力者ほど、最後の切り札は誰にも見せず隠す。

ヘイデンもそうだった可能性を考えろという話に確かにと思った。

「分かった。確かに少し無用心だったな……仮にちょっとくらい見えてもローブの効果だ、とか言い訳は利くかもと思っててさ」

「……なるほど。それは確かに悪くないな。そのローブは私にも解析しきれん代物だ。金級くらいではどれだけ目利きでもそう言われれば納得せざるを得んか……完全な考えなしでもなかったみたいで安心したよ」

「俺だって少しくらいは考えるって。ただ、それでもこれからは気をつけるけどさ」

「分かればいい……お前が変なのに目をつけられるなど、そうそうあっては困るからな」

「それは俺も勘弁願いたいところだよ」

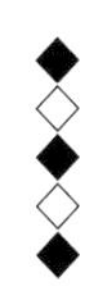

そして一月ほど経ち……。

「おい、レント！　これを見てくれ」

迷宮から家に戻ると、ロレーヌが一通の手紙を持って近づいてきた。

「それは？」

「紋章で分かるだろう？」

見れば、封蠟が見覚えのあるものだった。

カートの着ていた服についていたもの。

つまり、ロビスタ伯爵からの手紙だ。

「領地に戻ったんだな」

「ああ。ご息女にもあの薬が効いていたらいいんだが……」

言いながら、ロレーヌは封蠟を開き、そして読んでいく。

俺も後ろから覗(のぞ)きつつ、同時に読んでいった。

俺が帰ってくる前に開いて見てればよかったのに、一緒に読みたかったらしい。

義理堅いな。

「……ふう。どうやら、ご息女にしっかり効いたようだな」

「あぁ、それに大量生産したおかげで、ご息女の後に出た罹患者(りかんしゃ)にも投与出来たと。やはり閣下の考えた神託の理由は正しかったらしい。しかし、この辺りの土地から移住した者が原因になったとはな。魔虫侵食病の原因となる魔虫は通常、症状の出る前なら土地を移動したら全て死滅してしまうものだが、何らかの原因でロビスタ領に適応したか」

「恐ろしい話だが……今後は閣下が薬を生産出来るようになったみたいだし、これで一件落着だな」

「そうとも言えん。感染が完全に終息しているわけではないとも書いてあった。つまり、これからが戦いになるだろうさ。病気とはそういうものだ。ただ、正しい対処法を知っているのだ、ロビスタ領のトップが。そうであるなら、そのうち終息させることが出来るだろうさ」

「そうだな……返事を書こうか。もし、千年樹霊(エンシエント・エント)がまた必要になったら、ご連絡くださいって」

「おぉ、それはいいな。そうしよう……まぁ、そのときはまた、ヘイデンの力が必要になってくるだろうが、な」

「また彼らと一緒に魔物と戦えるなら楽しそうだ。ま、そうならないのが一番だろうけど、な」

話しながら、手紙は完成し、ロレーヌがそれを出した。

二週間後、再度ロビスタ伯爵から返ってきた手紙には、ロビスタ領における魔虫侵食病の終息と、伯爵の娘エレインからの礼の手紙が入っていて、その日はロレーヌと二人で良いワインを開けて乾杯したのだった。

あとがき

このたびは『望まぬ不死の冒険者7』を手に取っていただき、誠にありがとうございます。

作者の丘野優です。

いつものことですが、七巻を無事、出版できることとなり、安心しております。

常に次の巻が出せるかどうかが心配ですが、こうして一通り作業を終え、あとがきを書く段になると、やっと本当に本が出るのだな、という気持ちが湧いてきます。

それくらいに自分の書いた物語が本として出版されるというのは、未だに不思議な気持ちです。

しかしこうして出していただけるということは、読んで下さる方がそれなりにいるということで、大変ありがたく思っております。私の書く物語で、少しでも時間を潰していただければ幸いです。

特に、ここ数ヶ月の世界情勢を見るに、外出することが難しくなっており、そういうときに、私に出来ることはと聞かれたら物語を書くことしかないなと思っております。

さて、肝心の『望まぬ不死の冒険者7』のストーリーですが、ある種の転換点になっているかなと思います。

前巻までは穏やか……とまでは言えませんでしたが、主人公であるレントの過去に主なスポットライトが当たっていましたが、今巻においては、現在のレントを主に描きました。

故郷の村においてレントが築いた信頼に基づいて、今後の冒険における便利な手段などを手に入れたり、今、拠点にしている都市マルトで起こる事件へと続く導入などです。

また、今まではその行動範囲のほとんどが都市マルトとその周辺でしたが、今巻において王都へと行くことになるなど、世界が少し広がりました。そのため、人間関係もまた少し広がり……そしてそれはレントやロレーヌがあまり好まないしがらみが発生することも意味します。けれど彼らの冒険はこれからも続きます。どうか、それを見守って下さいますと幸いです。

また、今巻において、書き下ろしエピソードとして二万字ほど加筆しました。

このエピソードは実のところ、時系列的には今巻より少し後のものになりますが、独立して読める短編として読んでいただけるように工夫したつもりなので楽しんでいただけると嬉しいです。

基本的に、主人公レントの視点で語られる本作ですが、他人の視点から見たレントも描いたつもりですので、新鮮に思っていただけるかもしれません。

本編では先まで進んでも中々出番の少ないキャラクターも登場しているので、それも楽しんでいただけたらなと思います。

加えて、今巻と同時発売するコミカライズ版の『望まぬ不死の冒険者5』もどうぞよろしくお願いします。

例によって、圧倒的な画力と読みやすい構成によって素晴らしい完成度の作品に仕上がっていると思いますので、可能でしたら小説と共に、レジまで持っていっていただけたら嬉しいです。

最後になりますが、あとがきを、そして小説をここまで読んでいただいて、ありがとうございます。

もし可能でしたら、次巻でまたお会いできたらなと思います。

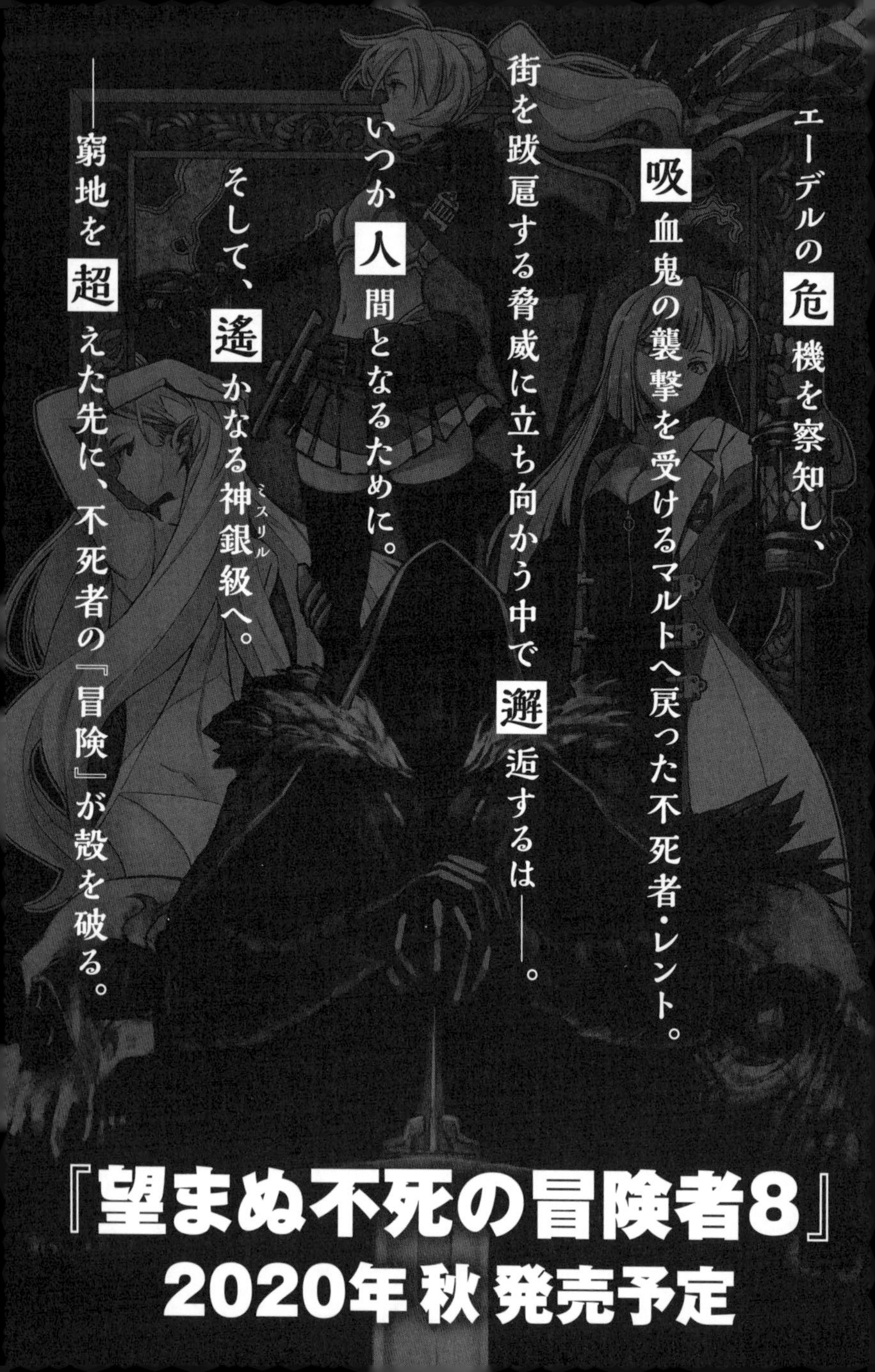

エーデルの危機を察知し、
吸血鬼の襲撃を受けるマルトへ戻った不死者・レント。
街を跋扈する脅威に立ち向かう中で邂逅するは――。
いつか人間となるために。
そして、遥かなる神銀(ミスリル)級へ。
――窮地を超えた先に、不死者の『冒険』が殻を破る。

『望まぬ不死の冒険者8』

2020年 秋 発売予定

『望まぬ不死の冒険者』
漫画／中曽根ハイジ　原作／丘野 優　キャラクター原案／じゃいあん
コミカライズ連載中!!
ごごんにぢヴぁっ
おおでヴぁれんど…
ひぃっ!
第5巻
同時発売!
コミカライズ最新情報はコミックガルドをCHECK!
https://comic-gardo.com/

望まぬ不死の冒険者 7

発行 2020年5月25日 初版第一刷発行

著者 丘野 優

イラスト じゃいあん

発行者 永田勝治

発行所 株式会社オーバーラップ
〒141-0031
東京都品川区西五反田7-9-5

校正・DTP 株式会社鷗来堂

印刷・製本 大日本印刷株式会社

Printed in Japan
ISBN 978-4-86554-665-1 C0093

【オーバーラップ カスタマーサポート】
電話 03-6219-0850
受付時間 10時～18時（土日祝日をのぞく）

作品のご感想、ファンレターをお待ちしています

あて先：〒141-0031 東京都品川区西五反田7-9-5 SGテラス5階 オーバーラップ編集部

「丘野 優」先生係／「じゃいあん」先生係